그럼에도
왜 사느냐 묻는다면

"MAEMUKI NI IKIRU" KOTO NI TSUKARETARA YOMU HON

Ⓒ 2022 Jikisai Minami

Korean translation rights arranged with Ascom Inc., Tokyo

through Japan UNI Agency, Inc., Tokyo and YURIJANG AGENCY, Gyeonggi-do

미나미 지키사이 지음
백운숙 옮김

그럼에도

왜 사느냐 묻는다면

서사원

모든 괴로움은 욕심과 집착에서 시작된다

후쿠이현의 에이헤이사永平寺에서 수행하던 중에 인연이 닿아 영험하기로 소문난 아오모리현의 오소레잔보다이사恐山菩提寺의 주지 대리가 된 지도 어느덧 10년이 넘었다.

솔직히 말하면 세상 사람들을 이롭게 하겠다는 숭고한 마음으로 승려가 된 건 아니다. 삶에는 내 뜻대로 안 되는 문제도 있음을 세상 이치를 깨치기도 전에 몸소 느꼈다. 풀리지 않는 내 안의 문제에 맞서기 위해 출가라는 길을 선택했을 따름이다.

석가가 남긴 '제행무상諸行無常'이라는 말을 중학교 3학년 때 접한 뒤로 자꾸만 불교에 관심이 갔다. 출가의 길을 걷겠노라 마음먹은 건 대학을 졸업하고 2년 가까이 평범한 직장인으로 지내던 때의 일이다.

출가하고 나서는 오직 내가 짊어진 괴로움과 씨름했다.

그런데 나처럼 삶에서 괴로움을 느끼는 사람이 적지 않았다. 이를 비로소 깨달은 건 수행을 쌓고 여러 자리에 말을 보태면서였다.

겉보기에는 행복해 보이는데 늘 무언가에 목이 마르고, 딱히 문제가 있지는 않은데 무슨 이유에서인지 인생이 힘겨워서 삶을 온전히 받아들이지 못하는 사람들이 있다.

고민이 있는 건 누구나 마찬가지 아닌가. 고민을 털어놓고 싶어서 절을 찾는 분들과는 시간과 장소가 허락하는 한 직접 얼굴을 마주 보고 대화를 나눈다. 그간 수없이 많은 사람을 만났다. 이렇게 사람들과 이야기를 한 지도 어느덧 20년이다.

힘들다는 하소연을 듣다 보면 어김없이 이런 생각이 든다. 문제를 선명하게만 바라보면 의외로 가까이에서 해결의 실마리를 찾을 수 있을 텐데. 괴로워하는 '나 자신'이 어떤 존재인지 깨닫고서 괴로운 마음을 길들이면 한결 마음 편히 지낼 수 있을 텐데.

이 책에서는 지금껏 사람들과 고민을 나누며 든 생각과 평소 수행 생활에서 느꼈던 점을 이야기하려 한다. 그렇다고 불교를 깨치기 위한 책은 아니다. 괴로움은 욕심과 집착이 불러오는 것임을 깨닫고, 마음을 다스리는 데 불교라는 도구를 어떻게 써먹으면 좋을지 일러주는 책 정도로 생각해주면 좋겠다.

 지금껏 많은 분을 만나 이야기를 나누었지만, 고민에 대해 확실한 답을 내놓은 적은 없다. 대화를 나누는 동안, 마치 거울 앞에 서서 자기를 들여다보듯 자신의 문제를 또렷이 볼 수 있다면 그걸로 족하다. 그저 이런 마음으로 이야기를 주고받는다.

 이 책도 마찬가지다. 책을 읽으면서 자신이 놓인 상황을 한 번쯤 새로운 관점으로 바라볼 수 있다면 충분하다. 나를 괴롭히는 것의 정체가 또렷해지면, 그동안 보이지 않았던 길이 비로소 눈에 들어온다. 일단 나아갈 길이 보이면 아무리 괴로워도 한 발짝씩 내디딜 수 있다.

 갑갑함이 마음에 들어차면 지우고 싶어도 쉽사리 지워지지 않는다. 손에서 놓아버리면 되는 걸 알면서도 놓지 못하는 건 애당초 버릴 수 있는 것이 아니기 때문이다. 그런데 마음속 괴로움을 떨쳐버리지는 못하더라도 고민을 차근차근 뜯어볼 수는 있다. 그러면 '힘들긴 해도 괜찮네' 하고 받아들이며 살아갈 수 있다. 물론 날마다 행복하면 그만큼 좋은 일도 없다. 사고팔고四苦八苦* 없이 인생을 구가하는 사람

---

* 살면서 겪는 온갖 괴로움을 여덟 가지 고통으로 정리한 불교의 말.

도 많다. 그런 사람은 그런 사람대로 참으로 다행스러운 일이다. 여기에 불교가 비집고 들어갈 자리는 없다. 오히려 나는 매일을 행복하게 사는 사람이 늘어나 불교가 사람들 사이에서 점점 잊혔으면 한다. 그렇지만 지금의 상황을 바꿔보고 싶다면 불교라는 도구를 한 번쯤 시험 삼아 써보아도 좋지 않을까.

불교에서는 인생을 괴롭고, 고통스럽고, 슬픈 것이라 단언한다. 설령 인생이 그럴지라도 생을 마칠 때까지 모든 것을 끌어안고 살아가리라 마음먹는 것. 이런 용기야말로 고귀하지 않은가. '별일이 다 있지만 산다는 건 좋은 거네' 하며 살고, 산다는 거 생각보다 괜찮았다며 눈감는다.

불교는 살아가기 위한 기술이다. 아니, 정확히 말하면 죽음을 향해 살아가는 기술이다. 불교라는 도구를 가볍게 소개한다는 마음으로 이야기를 풀어보려 한다. 무릇 도구는 직접 써보아야 쓸 만한지 알 수 있다. 그러니 나에게도 쓸모가 있을지 속는 셈 치고 사용해보면 좋겠다.

내 손에 꼭 맞는 가위라고 해서 모두가 쓰기 편하리라는 보장은 없다. 다만 앞으로 펼쳐질 나날에 조금이라도 도움이 되었으면 한다.

미나미 지키사이

그럼에도 왜 사느냐 묻는다면

차례

═════════════════ 【제1장】 ═════════════════

우연히 태어난 '나'라는 존재에 의미를 찾지 말자

우연히 태어난 '나'라는 존재에 의미를 찾지 말자

내가 가장

소중하다는 착각

우리는 모두 뜻하지 않게 태어났다.
세상이 빚어낸 '나'를 유연하게 받아들이고,
삶의 괴로움 앞에서 애써 저항하기보다는
괴로움을 기꺼이 수용하며 그저 흘러가도록 놓아두기.
이런 자세야말로 삶의 지혜가 아닐까.

마음속 고민을 털어놓기 위해 절을 찾은 분들과 이야기를 나누다 보면 꽤 많은 사람이 같은 착각을 하고 있음을 알 수 있다. '나'라는 굳건한 존재가 있고, 그런 '나'를 소중히 여겨야 한다는 생각. 나의 삶은 무엇보다 소중하니까 최선을 다해 살아야 한다는 착각에 사로잡혀 있다. 내 마음 같지 않은 하루하루와 인간관계에 발을 동동 구르고, 조금이라도 더 나아지려고 안간힘을 쓴다. 이런 사람이 생각보다 많다.

"나는 틀림없이 여기에 있는데, 뭐가 착각이라는 거지?"

"나를 소중히 여기지 않으면 대체 무엇을 소중히 하란 거지?"

이렇게 고개를 갸웃하는 사람도 있을 거다. 그런데 '나'란 어떤 존재인지 생각해본 적 있는가?

'몸'이 나일까 생각해보면 그렇지 않다. 우리 몸을 이루는 수많은 세포는 3개월이 지나면 모두 새로운 세포로 교체된다. 새로운 세포로 바뀐 몸은 남이나 마찬가지다. 그렇다면 '마음'이 나일까? 이 말에도 선뜻 고개를 끄덕일 수 없다. 어제의 마음과 오늘의 마음이 같다고 어떻게 확신하는가. 답하기 쉽지 않다. 어제의 나와 오늘의 내가 같은 존재라는 근거는 두 가지다. 바로 '나의 기억'과 '다른 이의 인정'이다.

어느 날 아침에 눈을 떴는데 지금껏 쌓아온 모든 기억이

홀연히 사라졌다고 상상해보자. 잠들기 전까지의 '나'는 더는 세상에 없다. 또, 어느 날 문득 주변 사람들이 나를 A라는 다른 인물로 대한다면 어떨까? A로 살아가거나, 평정심을 잃고 괴로워하거나, 어쩌면 스스로 세상을 등지게 될지도 모른다.

거친 비유를 들었지만 '나'라는 존재는 그만큼 흔들리기 쉽다. 나는 '나'라는 기억의 집합체이면서 다른 이가 '나'임을 인정해줄 때에야 비로소 세상에 존재한다. 둘 중 하나라도 없으면 내가 '나'라는 근거는 사라지고 '나'는 속절없이 무너져 내릴 것이다.

평소 '나'라고 일컬어지는 건 그저 '기억'과 '타인과의 관계'로 쌓아 올린 허상에 불과하다. 언제든 흔들릴 수 있는 토대 위에 있는 불안정한 '나'를 가장 소중히 여겨도 괜찮은 걸까.

"그렇지만 저는 누가 봐도 저인데요" 하고 말하는 이에게 당신이 누구인지 되물으면 이름과 성별, 나이, 성격, 직업, 가족, 주소를 술술 읊는다. 하지만 이런 건 어디까지나 지금의 '나'를 이루는 속성일 뿐이다. 이런 속성을 모두 걷어내면 무엇이 남을까?

생각해보면 사람이라는 존재는 태어날 때부터 남이 지어

준 옷을 걸치고 있는 셈이다. 언제 어디에서 태어날지, 성별도 외모도 스스로 선택하지 못한다. 이름도 부모가 붙여주지 않던가. 나에게 이름을 지어준 부모조차 어쩌다 보니 부모라는 존재가 되었을 따름이다. 이 세상에 스스로 태어나고 싶어서 태어난 사람은 없다.

'나'를 유연하게 받아들이며 살아가기

온전히 자신의 의지로 태어났다면 태어나는 시간과 장소, 부모를 원하는 대로 골라서 자기가 바라는 모습이 되었을 거다. 그러나 지금의 자신이 바랐던 모습이라고, 완벽하다고 자신 있게 말할 수 있는 사람이 과연 있기는 할까.

우리는 이 세상에 뜻하지 않게 태어나 타인에 의해 '남들과는 다른 나'로 규정되어 살아간다. 그런 '나'로 살아가자면 사람들에게 인정받고 칭찬받아야 할 것만 같다. 처음부터 내가 아닌 남이 골라준 옷을 입고 있으니 잘 어울린다든가 보기 좋다든가 하는 칭찬을 들어야만 마음이 놓이고 옷 입을 맛이 난다. 그래서 많은 사람이 나를 '나'답게 만들어주는 존재인 다른 사람에게 인정받고 싶은 욕구를 느낀다.

세상이 빚어낸 '나'를 유연하게 받아들이고, 삶의 괴로움 앞에서 애써 저항하기보다는 괴로움을 기꺼이 수용하며 그저 흘러가도록 놓아두기. 내가 이 책에서 이야기하려는 건 이런 삶의 지혜다.

애쓸 것 없다

삶에서 의미를 찾으려

보람차고 의미 있는 삶을 위해 안간힘 쓸 것 없다.
애써 삶의 의미를 찾지 않아도 얼마든지 행복할 수 있다.

'나는 무엇인가?'

어릴 적부터 이 물음이 마음속을 떠난 적 없다고 말하면 어지간히 따분한 사람이라 여길지도 모르겠다. 나는 왜 이렇게 '나'라는 존재가 궁금했을까? 어려서부터 심한 천식으로 입원과 퇴원을 반복했던 경험 덕분일 것이다.

천식으로 심한 발작이 찾아오면 숨이 멎을 것만 같아 눈앞이 캄캄했다. 그럴 때마다 어린 마음에 '아, 이제 죽는구나!' 하고 얼마나 무서웠던지. 내가 잘못될지도 모른다는 두려움과 금방이라도 죽을 것만 같은 몸의 감각. 지금도 어릴 적 기억이 또렷하다. 자의식이 여물지 못한 세 살 적부터 천식으로 인해 곧 숨이 넘어갈 것만 같은 경험을 수도 없이 한 나에게는 삶보다 죽음이 훨씬 현실에 가까웠던 셈이다.

학교에 다니면서는 수업을 빠지기 일쑤였고 무얼 하든 반친구들보다 뒤처졌다. 그러다 보니 자연스레 친구들과 멀어졌고, 어느새 나는 친구들과 선생님을 무기력하게 바라만 보는 아이가 되어 있었다. 이런 나에게 '이게 바로 나야' '이게 바로 산다는 거구나' 같은 나와 내 삶에 대한 확신이 있을 리 없었다. 왜 살아야 하지? 나는 대체 뭘까? 어릴 적 나에겐 이 물음에 대한 답이 꽤 간절했다.

이런 어린 시절의 어느 날, 삶에 대해 큰 불안을 품게 된

날이 있었다. 초등학교 저학년 때는 일주일에 한 번 병원 진찰을 받았는데, 진찰을 하루 미룬 날 저녁의 일이었다. 학교에서 집에 돌아와 '내일은 병원 가는 날이네' 하고 생각하다가, 그런데 엄마는 왜 매번 나를 병원에 데려가는 걸까 문득 궁금해졌다.

만일 엄마가 "엄마는 귀찮으니까 이제 병원에는 같이 안 갈 거야"라고 한다면? 나 혼자서는 병원에 못 갈 텐데 어쩌지? 어린 마음에 걱정스러웠다. 그리고 문득 이런 생각이 들었다. '그런데 엄마는 어째서 나의 엄마일까? 엄마가 더는 나의 엄마이기를 원하지 않으면 어떡하지?' 생각은 꼬리에 꼬리를 물고 이어졌다.

사실 세상은 그저 주어진 대로 돌아갈 뿐이고, 하루하루가 평화롭고 무심하게 흐르는 건 이 사실을 깨닫는 사람이 없어서가 아닐까? 이렇게 생각하자 말로 못 할 두려움이 밀려왔다. 지금껏 발붙이고 살아온 세상이 낯설게 보였다. 이 날 느낀 두려움이 삶에 대한 뿌리 깊은 불안이 되어 마음에 자리 잡았다.

마음에 자리한 불안은 사라지기는커녕 사춘기가 되자 한층 더 부풀어 올랐다. 나는 왜 살아 있는가. 나라는 존재의 의미는 무엇인가. 손에 집히는 대로 책을 읽고, 사색을 하

그럼에도 왜 사느냐 묻는다면

고, 때론 답을 줄 수 있을 것 같은 어른에게 묻기도 했다. 그러나 어떤 책도, 어떤 어른도 이렇다 할 답을 주지는 못했다. 그러다가 중학교 3학년 때 교과서에 실린 《헤이케모노가타리平家物語》*에서 '제행무상諸行無常'이라는 말을 접했다.

일반적으로 '제행무상'은 세상의 모든 것은 변한다는 뜻으로 해석된다. 다만 나는 이렇게 받아들였다. '살아가는 것 자체에 특별한 의미는 없다. 나라는 존재에 확실한 근거는 없으며, 사람이라는 존재 역시 확고한 근거 같은 건 없다.' 2500년 전 석가가 남긴 제행무상이라는 말이 내게 준 가르침이었다.

나는 그제야 불안한 마음을 달랠 수 있었다. 내가 느끼는 괴로움을 껴안고 산 사람이 적어도 한 명은 있었구나. 우리는 스스로 바란 적 없는 이 세상에 태어나, 아무 근거 없는 삶을 살아가야 한다. 이런 쓸쓸함과 슬픔을 끌어안고 살아가는 것이 바로 삶이라고 석가는 일러주었다.

삶에 별다른 의미가 없다는 말이 허망하게 느껴질 수도 있다. 하지만 삶에 특별한 의미가 없음을 깨달으면, 의미 있

---

* 13세기경 일본 중세 시대를 배경으로 쓰인 작자 미상의 고전문학으로, 헤이케라는 가문의 성사와 몰락을 그렸다.

고 값진 인생을 위해 치열하게 살지 않아도 된다. 삶의 의미를 찾으려 바득바득 애쓸 필요도 없다. 삶에서 거창한 의미를 찾지 않아도 살아갈 수 있다. 삶의 의미 따위 알지 못해도 우리는 모두 보란 듯이 살아가고 있지 않은가.

그런데 대체 인생에 무슨 의미가 있나 고민하고, 그럴듯한 말을 접해도 위로받지 못할 때가 있다. 이럴 때는 지금 보는 것과 다르게 볼 수도 있음을 깨달으면 여태껏 보아온 경치가 완전히 새롭게 보인다. 이런 기회의 다리를 놓아줄 수 있는 도구가 바로 불교다.

불교에 '일체개고一切皆苦'라는 말이 있다. 세상 모든 것은 괴로움이다. 석가는 이렇게 통찰했다. 그러고 보면 세상에는 기쁘고 즐거운 일보다 슬프고 괴로운 일이 더 많지 않은가. 인생이 괴로운 것도, 삶이 편치만은 않은 것도 당연하다.

그렇게 삐딱하게 보지 말고 하하 호호 살면 안 되느냐고 되물을지도 모르겠다. 그러나 때로는 삶에 기쁨보다 괴로움이 더 많다는 관점으로 세상을 바라볼 때 다시 일어설 힘을 얻기도 한다.

'인생이란 게 참 힘겹네.' '나는 원래 나약한 존재인가 봐.' 어렴풋이 이런 생각을 하는 사람도 있다. 노력하면 꿈은 이

그럼에도 왜 사느냐 묻는다면

루어진다는 말에 도저히 공감할 수 없고, 아무리 발버둥 쳐도 나아지지 않는 현실에 지칠 대로 지친 사람도 있다. 이런 괴로움을 붙들고 있다가 불교를 접하고, 우연히 태어난 이 몸뚱이가 빌린 것에 지나지 않음을 깨달으면 비로소 고개를 끄덕인다.

'나'를 잠시 빌린 몸으로 받아들이자. 그런 다음 마음을 차분히 가라앉히고 괜찮다고 다독이며 생의 마지막까지 살아보면 어떨까.

'삶의 의미'에 얽매이지 않아도 된다

모든 고민은

관계에서 온다

이리저리 고민해도 마음처럼 되지 않는 게 사람 사이의 관계다.
'감정'과 '지금 일어난 일'을 떼어내 생각해야
문제 해결에 한 발 다가설 수 있다.

절을 찾아와 하소연하는 분들은 크게 두 유형이다. 복잡하게 얽히고설킨 상황에 괴로워하는 이들, 그리고 지금 있는 곳에서 다른 곳으로 옮기고 싶어 하는 이들이다. 그런데 두 유형에 공통점이 있으니, 입 밖으로 먼저 나오는 말이 남의 이야기라는 점이다.

"우리 애가 집에만 틀어박혀 있는데 어쩌면 좋을까요?"

"직장 상사 비위 맞추기가 너무 힘들어요."

"어머니와 함께 사는데, 자꾸만 싸워서 더는 같이 못 살겠어요."

"남은 정도 없어서 이혼하고 싶은데 남편이 펄펄 뛰네요."

고민을 털어놓는 사람은 자기 문제를 이야기하고 있다고 생각한다. 그런데 제아무리 심각하다 해도 대부분은 자신을 둘러싼 인간관계에 관한 고민이다. 부모 또는 자식, 배우자, 직장 동료와 사이가 어떻고 어떤 문제가 생겨 얼마나 괴로운지 같은 것들 말이다.

생전 처음 보는 스님에게 속마음을 털어놓으려 굳이 먼 걸음을 하는 분들도 계시니, 마음고생이 오죽했으면 이곳에 이르렀겠나 생각하며 사연에 귀를 기울인다. 다만 앞에 앉은 분의 마음이 얼마나 괴로울지는 신경 쓰지 않으려고 하는 편이다. 그보다는 괴로운 감정 이면에 있는 다른 사람들과의 사이를 유심히 살핀다. 누구와 어떤 관계이며 어느 지점에서 삐그덕거리는지. 사연의 등장인물들을 들여다보면 비로소 문제의 본질이 보인다. 왜 하필 지금 그러한 감정이 바깥으로 드러났는지도 알 수 있다.

한번은 마흔 넘은 미혼 남성이 나를 찾아왔다. 어머니와 함께 사는데, 걸핏하면 어머니가 생활에 사사건건 참견을 한다는 거다. 하나에서부터 열까지 잔소리를 늘어놓아 같이 살기 힘들 지경인데 어떻게 하면 좋겠냐고 물었다. 번듯한 직장에 다니며 경제적 여력이 충분한 남성이었다. 어머니와 거리를 두면 갈등이 자연히 해소될 거라는 점은 한 발짝 떨어져서 보면 누구나 알 수 있었다. 나는 평범하기 그지없는 조언을 해드렸다.

"정 마음이 힘들면 일단 떨어져서 지내보는 게 어떨까요? 지금 사는 집에서 나와 혼자 살 집을 마련하는 겁니다." 그러자 남성은 놀란 토끼 눈을 하고서 이렇게 말했다. "그래도 엄마는 제가 사는 집에 자꾸 찾아올 텐데요!"

엄마가 찾아오면 일단 맞이하고, 얼마간 시간을 함께 보낸 뒤 돌려보내면 그만이다. 하룻밤 자고 가는 게 아니라면야 혼자만의 시간과 공간은 확보할 수 있지 않은가. 하지만 남성은 "그래도……"라고 말끝을 흐리면서 영 시원스러운 표정이 아니었다. 괴로워서 지푸라기라도 잡는 심정으로 이야기를 늘어놓았지만, 엄마와 떨어져 살고 싶지는 않은 것이리라.

지금 이 남성은 엄마를 귀찮게 여기고 있다. 하지만 엄마가 식사는 물론 집안일을 챙겨주니 잔소리만 어느 정도 참으면 편한 생활을 할 수 있다. 몸 편한 생활과 엄마의 잔소리 없는 생활 중 어느 쪽을 택할 것인가. 문제의 본질은 이렇게 단순하다.

물론 본인은 자신이 손쓸 수 없는 문제라는 생각에 너무나 괴롭다. 어쩌면 일이나 대인관계로 인해 울적한 마음의 화살이 때마침 어머니에게 향했을 수도 있다. 특히 사람 사이의 문제를 들여다볼 때는 괴롭고 밉고 싫은 '감정'과 '지금 일어난 일'을 따로 떼어 생각해야 한다. 감정과 상황이 별개임을 알아야 문제를 풀어갈 수 있다. 그런데 많은 이가 감정과 상황을 혼동하고, 끊임없이 같은 문제를 되풀이한다. 관계를 올바르게 보지 않고 혼자 끙끙댄다고 해서 문제가 풀릴 리 없는데도 말이다.

이렇게 되묻는 이도 있다. "지금 당장 힘든데 어떻게 감정과 상황을 따로 생각할 수 있나요?" 그러나 지금 상황과 바라는 상황이 다르다면 먼저 문제를 바르게 보아야 한다. 그러자면 감정과 상황을 떼어놓고 생각할 수 있어야 한다.

차분하게 되짚어보라. 가령 상사가 싫어서 회사를 그만두고 싶다면 상사와 성격이 안 맞는지 업무 스타일이 다른지 먼저 살피자.

성격이 맞지 않는 상사와는 업무 외의 접촉을 되도록 줄이고, 평소 상사를 존중하고 인정하는 모습을 보이면 상황이 한결 나아질 것이다. 상사와 업무 스타일이 다른 거라면 상사를 업무에 필요한 조건으로 여기면서 일에 집중하면 된다. 상사에게 기꺼이 공을 돌리겠다는 마음가짐으로 임하면 일이 더 잘 풀릴지도 모른다.

다만 상사가 권력을 이용해 괴롭히는 상황이면 이야기가 다르다. 혼자서는 당해낼 도리가 없다. 그러나 좋고 싫음에 그치는 단계라면 아직 손쓸 방법이 있다.

'포기하다'라는 말을 일본어로 쓸 때는 한자 '체諦'를 쓰는데, '체'에는 '깨닫다'라는 뜻도 있다. '체'는 주로 '단념'을 표현할 때 쓰지만, 여기에는 '잘 살피다' '분명하게 보다'라는 부처의 지혜도 담겨 있다.

문제를 바르게 보려면 괴롭고 힘든 감정은 잠시 뒤로 미뤄두고 상황을 잘 살펴야 한다. 그리고 문제는 나 혼자가 아닌 다른 이와의 사이에 있음을 깨달아야 한다. 살면서 마주

그럼에도 왜 사느냐 묻는다면

하는 거의 모든 문제는 나와 남 사이에 있다. '나의 문제'는 말하자면 타인과 함께 짠 옷감과도 같다.

세상에 나 혼자면 괴로울 일도 없지 않겠나. 그렇지만 타인이 있기에 내가 있다. 남과 나 사이에 이야기가 생기고, 그리하여 우리는 희로애락을 느낀다. 때로는 그 감정을 놓지 못해 하염없이 곱씹기도 한다.

그런데 나와 남 사이에서 생겨난 이야기는 어디까지나 나의 기억이다. 문제를 해결하려면 내가 만든 이야기를 곱씹으며 괴로워하기보다 관계를 새로 짜야 한다.

그러려면 관계의 주도권이 누구에게 있는지, 누가 이득을 보는지 살펴서 관계의 균형을 새로 맞춰야 한다. 때로는 한발 물러서는 것도 균형을 맞추는 방법이다. 다만 무작정 크게 양보하면 도리어 균형이 무너져 역효과가 날 수 있다. 새로운 사람을 관계에 들이는 것도 방법이다. 물론 미리 충분히 설명하고 이해를 구해야 한다. 이런 노력이 불러오는 변화를 활용해 문제를 풀어나가면 된다.

먼저 눈앞의 문제를 올바르게 들여다보자. 문제를 해결하기 위해 가장 먼저 해야 하는 일이다.

자신을 몰아세우지 않는 선에서

우리는 태어날 때부터 수동적인 존재다.
그러니 무언가에 등 떠밀리듯 적극적으로 살려고 하면
숨이 차오르기 마련이다. 무심한 마음으로 살면 한결 편안하다.

흔히 이상적인 모습으로 살고 싶다고들 한다. 내가 바라는 모습으로 살 수 있으면 얼마나 좋을까. 그래서 모두가 자신을 꿈에 그리는 모습으로 바꾸려고 열심이다. 이상적인 삶을 살기 위해서 말이다.

그런데 이렇게 사는 건 만만치 않다. 앞서 말했듯 사람은 '자신의 기억'과 '다른 이의 인정'이 빚어낸 존재다. '이상적인 내 모습'을 이야기하지만, 정작 '나'에 대해서조차 제대로 알지 못한다.

'진정한 내 모습 찾기' '있는 그대로의 나로 살기' 같은 말이 인기다. 그러나 애당초 이루어질 수 없는 일이다. '진정한 나' '있는 그대로의 나'는 언뜻 생각하면 무엇에도 얽매이지 않고 그저 마음 가는 대로 사는 멋진 모습으로 보일 수도 있다. 그런데 누가 무엇을 기준으로 내가 '진짜'이고 '있는 그대로'라고 판단한단 말인가. 이 점이 참으로 궁금하다.

진짜 내 모습을 되찾아 그대로의 나로 살기 위해서, 또는 바라는 내가 되기 위해서 '나의 기억'과 '다른 이의 인정' 사이를 헤매며 지금 이대로도 괜찮은지 속앓이할 뿐이지 않은가.

지금 내 삶이 마음에 들지 않으니 진정한 내 모습을 찾고 싶다고 하소연하는 분들이 있다. 그런데 '나'라는 존재에 불편함을 느끼는 건 어쩌면 당연하다. 처음부터 원하는 모습으로 태어난 사람은 없다. 문득 정신을 차려보니 이런 모습을 하고 있을 따름이다. 말하자면 태어날 적부터 남이 지어준 옷을 걸치고 있는 셈이다. 애당초 몸에 꼭 맞을 리 없는 옷을 입고서 그저 온 힘을 다해 '나'로 살아갈 뿐이다.

물론 마음속 이상을 좇으며 즐겁게 사는 사람도 있다. 그런 사람은 그런 사람대로 행복하니 다행이라 여기면 그만이다. '꿈'과 '희망', 그리고 '이상적인 모습'이라는 말에 인생을 쏟을 수 있다면야 문제 될 것이 무엇인가. 하지만 이런 말이 불편한데 억지로 자신을 꿰맞추려 하면 새로운 고통이 움튼다.

"매일을 알차게 보내고 싶어요."

"인생을 조금 더 보람차게 살고 싶습니다."

어떻게 하면 가치 있는 삶을 살 수 있을지 고민하는 마음은 알 것 같다. 그러나 이런 생각 때문에 도리어 삶이 버겁다면, 알찬 인생을 보내야 한다느니 자아를 실현하며 살아야 한다느니 하는 마음의 짐은 그만 내려놓아도 좋겠다.

요즘은 너나 할 것 없이 이를 악물고 산다. 더 나은 삶을 살아야 한다고 채찍질하고, 남들보다 앞서나가려 조바심을 낸다. 기왕이면 나에게 이익이 되었으면 싶고, 좋은 소리를

그럼에도 왜 사느냐 묻는다면

듣고 싶은 욕심도 난다. 그래서 온 힘을 다해 일과 휴식에 열을 올린다. 일정이 비기라도 하면 슬금슬금 불안이 밀려온다. 이렇게 살면 숨도 찰 테니 힘을 조금 빼고 별것 아닌 모습으로 살면 얼마나 좋은가.

물론 마음처럼 쉽지는 않다. 사람은 있는 힘껏 힘 주기는 잘해도 의외로 힘을 빼는 데엔 서투니까. 참선하러 온 이들만 봐도 그렇다. 어깨와 손발의 힘을 풀라 해도 곧장 힘을 풀 수 있는 사람은 없다.

다만 한 번쯤 떠올려보았으면 한다. 우리는 태어나고 싶어 안간힘을 써서 태어난 것이 아니다. 태어나야 할 때를 골라 세상에 태어났다면, 온 힘을 다해 사는 모습도 이해될지 모르겠다. 하지만 사람은 날 때부터 수동적인 존재다.

아이는 어른의 보살핌이 없으면 결코 혼자서 자랄 수 없다. 우리는 인생의 시작점부터 남에게 신세를 지며 살아왔다. 그러니 무턱대고 있는 힘껏 사는 게 얼마나 자연스럽지 못한 일인가.

우리는 날 때부터 수동적인 존재여서 무언가에 등 떠밀리듯 살면 숨이 차오르기 마련이다. 어쩔 수 없이 온 힘을 다해야 하는 상황이라면, 자기 자신을 몰아세우지 않는 선에서 최선을 다하면 된다.

애써 힘쓸 것 없다. 대부분의 일은 그냥 두면 알아서 흐른다. 무미건조하게 들릴지도 모르지만 죽음이 눈앞으로 다가오면 '대단한 일' 같은 건 남지 않는다. 지금 허우적대는 문제는 떠오르지도 않을 거다. 인생의 마지막 순간에 삶을 돌이켜보면 얼마간의 만족감과 몇 가지 후회만 남는다고 하지 않던가.

많은 분의 넋을 기리며 내가 느낀 바는 이렇다. 그리고, 이 정도의 마음이면 충분하다. 무심한 마음으로 살면 더할 나위 없다. 그러면 마음이 한결 편안하다. 그리고, 훗날 마음 편히 눈감을 수 있다.

그럼에도 왜 사느냐 묻는다면

적당히 힘 빼고 살기

타인을 위해 무언가를 한다는 것

나에게 소중한 가치가 무엇인지 생각해보고,
내가 해야 할 일을 한다. 그러면 소소하지만
참다운 행복이 일상에 깃든다.

무심히 살아도 된다고 말하면 이런 질문이 돌아오곤 한다.

"무심히 사는 건 어떻게 사는 건가요?"

마음 같아선 이렇게 대답하고 싶다.

'아무것도 하지 않는 것이지요.'

하지만 아무것도 하지 않고 살 수는 없는 노릇 아닌가. 무책임하기 짝이 없는 스님이라는 소리를 들을까 싶어 이렇게 말한다.

"나 자신을 위해서가 아니라 다른 사람을 위해서 무언가를 하는 것이지요."

잠시 옆길로 샜지만, 하고 싶은 말은 이거다. 삶에서 의미를 느끼지 못할 때 우리는 괴로워한다. 그래서 남에게 인정받고 싶은 욕구를 느낀다. 남에게 인정받으려면 어떻게 해야 하는가. 마땅히 해야 할 일을 하면 된다. 하고 싶은 일이 아니라 내가 해야만 한다고 믿는 일을 말이다. 즉, 무엇을 소중히 여기며 살면 좋을지 생각해보고 그대로 살면 된다. 나에게 소중한 사람은 누구인가? 어떤 가치를 소중히 여기는가? 생각해야 할 건 이 두 가지다.

내가 아닌 남을 위해서, 소중한 가치를 위해서 지금 해야 할 일을 한다. 훗날 마음이 바뀌어도 괜찮다. 중요한 점은 바로 지금 해야 할 일을 생각하는 거다. 나는 이를 가리켜

'테마를 정해 살기'라고 표현한다.

다만 이는 보상받기 위해서가 아니다. 먼저 이해득실을 따지는 마음과 사사로운 감정을 비워야 한다. 기왕이면 이득을 보고 싶고 편하고 싶은 마음은 한쪽으로 밀어두고, 지금 자신의 상황을 살핀 다음 해야 할 일이 무엇인지 생각해보라. 그러면 비로소 하나라도 더 얻고 싶고 조금이라도 더 편하고 싶은 욕심에 갇혀 있었음을 깨달을 수 있다.

한 분야의 장인이라 불리는 이들의 삶을 떠올려보면 금방 이해된다. 목수나 농부, 정원사, 두부 장수나 초밥 장수, 사무직이나 기술직으로 일하는 사람, 직업이야 어떻든 좋다. '과연 장인이구나' 또는 '역시 장인의 솜씨야' 할 만한 실력이 있어 남의 인정을 받는 이들은 자신이 해야 하는 일이 무엇인지 잘 알고, 그 일을 우선으로 여기며 산다.

장인에게는 자기를 돋보이려 하거나 뽐내려는 마음이 없다. 자신이 인정받지 못해도 자신이 한 일이 인정받으면 그걸로 족하다. 그 이상의 만족도, 인정도 바라지 않는다. 자기가 한 일이 좋게 평가받으면 자신이 인정받는 것과 다름없으니 자신에게 집착할 이유가 없다. 오로지 어떻게 좋은 결과물을 만들어낼지, 어떻게 하면 만족스럽게 일할 수 있을지에 마음을 쏟는다. 그런 다음 오늘도 열심히 했다며 넉

넉한 마음으로 하루를 마무리한다. 일상에 소소하지만 참다운 행복이 깃드니 얼마나 괜찮은 삶인가.

어떤 그림을 그리며 살지 정하는 과정이 곧 테마를 찾는 과정이다. 삶의 테마가 분명하면 무엇을 어떻게 하고 싶다는 욕망에 휘둘리지 않는다. 세상이 나를 어떻게 볼지 전전긍긍하며 일일이 남의 안색을 살필 필요도 없다. 하고 싶은 일이 아니라 해야 마땅한 일을 하며 살다 보면 알아주는 사람도 있기 마련이다.

거창할 필요는 없다. 해야겠다는 확신이 있고 그 이유를 남들에게 설명할 수 있는 일이면 충분하다. 욕심이 아니라 가치관에서 우러나오는 일이면 된다. 다만 능력은 완전하지 못하고 시간은 정해져 있으니 어디에 무게를 둘지 고민이 필요하다. 이것도 저것도 모두 손에 쥘 수는 없다.

결과를 기대하고 보상을 바라는 대신 생각대로 풀리지 않아도 괜찮다고 마음먹자. 산다는 것은 그런 거다.

죽고 사는 문제 말고 중요한 일은 없다

나 혼자 해결할 수 있는가? 남의 도움이 필요한가?
그저 흘러가게 놔두면 될까? 큰 문제일수록
차근차근 살펴야 한다. 그래야만 문제를 풀어갈 수 있다.

에이헤이사에서 3년간 수행한 뒤, 절에 남아 수도승을 지도하면서 절의 행정 일을 맡게 되었다. 지금 하려는 이야기는 이 시절의 일이다.

"스님! 스님!"

방에서 책을 읽는데 멀리서 다급한 목소리가 들렸다. 젊은 수도승이었다. 목소리는 점점 가까워졌고, 수도승은 "스님, 큰일 났습니다!" 하며 힐레벌떡 방으로 뛰어 들어왔다.

"죽고 사는 문제 말고 중요한 일은 없네!"

나는 읽던 책을 내려두고 이렇게 바로잡았다. 수도승은 "그렇네요……"라고 대답하며 이내 평정을 되찾았다. 그제야 수도승에게 용건을 물으니, 나이 지긋한 스님이 내게 급한 볼일이 있다며 속히 와달라고 했다는 것이다. 나를 찾았다는 스님에게 바로 전화해보니 한시를 다투는 급한 일은 아니었다. 그저 연락을 기다리겠다는 뜻으로 한 말이었다.

상황을 일러주니 수도승은 어쩔 줄을 몰라 했다. 사실 나를 찾은 스님은 나의 업무와는 상관없는 부서에 속해 있는 데다 직책이 높은 분이었다. 평소 엄격했던 나에게 빨리 소식을 전해야 한다고 생각해 서두른 수도승의 마음도 이해는 되었다.

그러고 보면 사람의 시야는 참으로 좁다. 가로세로가 10센티미터인 종잇장 위에 지름 10센티미터인 공을 올린 모습을 상상해보라. 공이 금방이라도 넘쳐흐를 듯 커 보인다. 마음이 조급할 때는 바로 이런 상태다. 하지만 같은 공을 가로세로가 1미터인 종이 위에 올리면 존재감이 단숨에 쪼그라든다. '공이 참 작구나' 할 것이다.

근심 걱정이 마음을 어지럽힐 때도 마찬가지다. 근심 걱정을 공이라고 생각해보자. 시야가 10센티미터밖에 되지 않는데 지름 10센티미터인 공을 눈앞에 두면 시야가 깜깜해질 거다. 그러나 시야가 탁 트이면 눈앞에 제아무리 큰 공이 버티고 서도 당황스럽지 않다.

감히 말하자면, 죽고 사는 문제 말고 중요한 일은 없다. 죽고 사는 문제로까지 범위를 넓히면 지금껏 거대해 보였던 문제가 언제 그랬냐는 듯 작아 보인다. 그러면 비로소 침착하게 생각을 정리할 수 있다.

눈앞의 문제가 얼마나 큰가? 혼자서는 버거울까, 아니면 거뜬히 다룰 수 있을까? 남의 도움이 필요할까, 아니면 그저 흘러가게 놔두면 될까? 차분히 살피면 답이 보인다. 문제를 풀자면 이렇게 바라보아야 한다.

살다 보면 누구나 근심 걱정으로 머리를 싸매게 된다. 일에 치여 힘겨워하기도 하고, 타인과의 관계에서 고통스러워

그럼에도 왜 사느냐 묻는다면

하기도 한다. 고민을 털어놓는 분들의 이야기를 들어보면 괴로운 그 마음도 충분히 이해된다.

그러나 차갑게 들릴지도 모르지만, 인생에서 죽고 사는 것만큼 중요한 문제는 없다. 살면서 스스로 결정할 수 있는 일은 작은 것들에 불과하다. 때로는 이런 생각이 괴로움에서 우리를 건져주기도 한다.

그저 작은 일뿐 할 수 있는 건

큰 결정은 어떤 식으로든 주변에 영향을 미친다.
어쩌면 내가 하는 선택은 부질없을지도 모른다.
그러니 느낌에 기대거나
내 말이 무조건 옳다고 여겨서는 안 된다.

바람직한 상황이 아닐 때 우리는 큰 갈림길에 선다. 사랑하는 이와 결혼하거나 바라던 직장에 취직하는 것처럼 원했던 일이면 고민도 없다. 결정할 것 없이 흐름을 따라가면 되니까. 그저 앞에 펼쳐진 길을 걸으면 된다. 직장을 옮기고 싶은데 때마침 마음에 드는 조건으로 스카우트 제의가 오거나 홀로 설 기회가 왔다면 망설일 이유가 없지 않은가. 바로 다음으로 넘어가면 된다.

그런데 이직할 곳은 딱히 없고 당장 홀로서기도 힘들다. 하지만 지금 몸담은 직장은 싫다. 보통은 이럴 때 고민에 빠진다. 어찌해야 할지 몰라 갈팡질팡할 때야말로 좋지 못한 상황이라고 할 수 있다. 이럴 때는 어느 쪽을 골라도 힘들긴 매한가지이니 기대를 내려놓아야 한다. 그러면 무슨 일이 생겨도 최소한 당황하지는 않는다.

인생을 바꿀 만한 큰일은 보통 나 한 명의 선택으로 일어나지 않는다. 놀랍게도 전혀 예상 못 한 일이 일어나기도 한다. 돌이켜보면 나 역시 큰 고민일수록 밖에서 불어온 바람이 등을 떠밀었고, 마침내 어느 하나를 고르곤 했다. 인생에는 이렇게 예상치 못한 힘이 작용하기 마련이다.

직장을 옮겨야 하나 고민하던 차에 나를 힘들게 하던 상사가 때마침 전근을 가기도 하고, 다른 곳에서 스카우트 제의가 오기도 한다. 이렇게 뜻밖의 일이 일어나 지금 직장에 남을지 이직할지가 자연스레 정해진다.

어느 한쪽을 고르지 못하겠으면 조급함을 내려놓고 기다리면 된다. 그러면 어느 한쪽을 고르는 상황이 절로 찾아온다. '그때 마음 내키는 대로 안 하길 잘했구나.' 훗날 돌이켜 보면 이런 생각이 들기도 한다.

큰 결정은 어떤 식으로든 주변에 영향을 미친다. 어쩌면 내 선택은 부질없을지도 모른다. 스스로 결정할 수 있는 건 작은 일뿐이다. 그러니 느낌에 기대거나 내 말이 무조건 옳다고 여겨서는 안 된다.

무엇이든 직접 결정할 수 있다고 믿는 건 무른 생각이다. '나'라는 존재는 일정한 조건에서만 성립한다. 조건이 바뀌면 상황도 바뀌어 '나'의 결정은 더는 통하지 않는다.

하나부터 열까지 직접 선택하고 바꿀 수 있다는 생각은 크나큰 착각이다. 이 사실을 깨달으면 세상이 내 마음 같지 않다고 해서 발을 동동 구를 필요가 없다. 그래도 직접 선택하고 싶다면, 결과가 어찌 되든 기꺼이 받아들이겠다고 마음먹자. 어떤 선택을 하든 힘들기는 매한가지라 생각하면 땅을 치며 후회할 일도 없다.

꽃피우지 않아도
지금 그곳에서

모든 것은 특정한 조건에서 이루어진 임시 상태다.
어느 곳도 어떤 관계도 절대적이지 않다.
지금 그곳에 계속 머무를지는 스스로 정하면 된다.

심긴 곳에서 꽃피우라는 말을 듣고 나도 모르게 쓴웃음이 나왔다. 운이 좋아 바라던 곳에 심겼다면 몰라도 다른 이가 멋대로 심어놓은 곳에서 그저 꽃피우라니, 말이 되는가.

내가 심긴 곳은 '우연히 놓인 자리'일 뿐이다. 우연히 뿌리 내린 곳을 무조건 받아들이고 꽃까지 피우라는 건 너무나 가혹한 말이다. 제아무리 불합리하고 힘겨운 상황이라도 순순히 받아들이고 견디며 꿈을 위해 노력하라니, 공평과도 거리가 멀다. 그렇게 치면 남북전쟁이 일어나기 전 미국 땅의 흑인들은 우연히 놓인 곳에서 그렇게 피어나야 맞았다는 말인가.

비슷한 제목이 붙은 책이 많은 사랑을 받은 것도 이해는 된다. 아무리 상황이 어려워도 "그곳에서 꽃피우세요" 하고 누군가 말해주면 마음을 추스르는 데에 힘이 되기 때문이다.

불교에서는 모든 것을 특정한 조건에서 이루어진 임시 상태로 본다. 사람 사이의 관계도, 일도, 가정도, 늘 특정 조건에서만 성립하는 모호한 것이다. 지금 내가 어느 곳에 놓여 있든 어떤 상황에 처해 있든, 불교의 눈으로 보자면 일시적이다.

직장 동료나 상사와의 관계가 원만하지 않으면 당사자에

게는 중요한 문제다. 그러나 회사를 나오면 사이가 좋지 못했던 이와의 관계는 끊어진다. 학교에서 괴롭힘을 당해도 전학을 가거나 졸업을 하면 나를 못살게 군 아이와의 인연이 끊어지기 마련이다. 물론 가족도 마찬가지다. 함께 있으니 가족인데, 이혼하거나 태어나자마자 부모 자식이 서로 떨어지면 생판 남이나 마찬가지다.

스스로 선택한 곳인데도 생각과 달리 괴로울 때가 종종 있다. 그렇다면 다른 곳을 찾으면 될 일이고, 조금만 더 머무르자고 마음먹어도 된다. 지금 자리에 계속 머무를지는 스스로 정하면 된다. 정말로 괴로운 건 선택의 여지가 없을 때다.

어디에도 몸 붙일 곳이 없다고 한탄하는 분들이 있다. 그런데 몸 붙일 곳이 없는 건 어찌 보면 당연하다. 모든 곳은 잠시 머무는 곳이며 일시적이니 말이다.

어느 곳도 어떤 관계도 절대적이지 않다. 평생을 마음 놓고 지낼 수 있는 곳은 세상에 없다. 몸과 마음을 내려둘 자리가 필요하다면 새로운 곳을 찾거나 지금 있는 곳이 조금이라도 마음 편한 곳이 되도록 고민하는 수밖에 없다.

지금 있는 곳에서 꽃피우기 위해 최선을 다해야 한다는 생각은 '지금 있는 곳'과 '나 자신'이 절대적이라는 착각에서 비롯한다. 남들의 생각을 무작정 받아들여서 그저 지금 있는 곳에서 꽃피우기 위해 노력하라는 건 불교의 관점에서 보면 말이 되지 않는다.

지금 자리에서 꽃피우지 않아도 괜찮다. 다만, 방법을 달리하면 드물게 꽃이 피기도 한다. 이 정도의 마음가짐으로 지금 있는 곳에 머무르면 충분하다.

지금 있는 곳이 힘들다면 벗어나는 것도 좋은 방법이다

인생에 이렇다 할 의미는 없다

눈앞의 상황을 어떻게든 해결하려고 조바심을 내면
스스로를 막다른 곳으로 몰아세우는 꼴이다.
지금과는 다르게 볼 수도 있음을 깨달으면
눈에 들어오는 풍경이 새로워진다.

불교에는 인간은 무명無明이라는 말이 있다. '무명'은 보통 '지혜가 없는 상태' '진리에 어두운 상태'라는 뜻으로 쓰인다. 내 생각을 덧붙이자면 이렇다. '무명'이란 인간이라는 존재 자체에 확실한 근거가 없음을 깨우치지 못한 상태다.

이렇게 말하면 불교 공부 좀 했다는 이들이 이렇게 되묻는다. "인간에게는 부처님과 같은 불성(부처가 될 수 있는 가능성)이 있다고 하잖아요. 그러니 불성을 갈고닦으면 부처님처럼 고귀한 존재가 될 수 있는 거지요?" 아닌 게 아니라 '불성'을 이렇게 알고 있는 사람이 많다. 하지만 일본 조동종曹洞宗을 연 도겐道元 선사는 불성은 곧 무상이라 했다. 불성은 존재하지만, 본질도 실체도 아니라는 말이다.

더 깊이 들어가면 이 책에 맞지 않으니 훗날 따로 이야기하겠다. 다만 내가 '나 자신'이라는 근거가 애초에 없다고 하니, 불교의 가르침처럼 허망하고 아슬아슬한 것도 없다.

아무 근거 없는 '나'를 바꿀 수 있다는 생각은 착각이다. 눈앞의 상황을 어떻게든 해결하려고 조바심을 내면 나 자신을 막다른 곳으로 몰아세우는 꼴이 되고 만다. 내 모습을 바꾸고 싶다는 생각이 자꾸 든다면 마음에 큰 구멍이 있는 걸지도 모른다. 마음의 구멍이 클수록 다른 것을 갈구하기 때문이다. 그런데 아무리 메우려 애를 써도 구멍은 쉽사리 메워지지 않는다.

'구멍을 완전히 메울 수는 없구나' 하고 깨닫고 괴로움을 품은 채 일병식재—病息灾로 살아가자고 마음먹자. 애당초 인생 자체에 이렇다 할 의미는 없으니 굳이 의미를 찾지 않아도 괜찮음을 깨달아야 한다. 그리고, 구멍이 난 자신을 유연하게 받아들이며 삶을 견디는 방법을 깨쳐야 한다.

불교에서 선택지는 이뿐이다. 지금과는 다르게 바라볼 수도 있음을 깨달으면 눈에 들어오는 풍경이 새롭게 보인다. 비단 불교만의 이야기는 아니다. 어떤 종교든 어떤 철학이든, 새로운 관점으로 저마다의 풍경을 직접 경험해보면 좋지 않을까. 어떤 관점으로 보느냐에 따라 인생은 사뭇 다른 빛깔을 띨 수 있으니 말이다.

내가 세상을 살아가기 위해 고른 것은 석가의 가르침이다. 나의 마음에 구멍이 있음을 세 살 적부터 어렴풋이 느꼈다. 출가를 결심한 건, 구멍 난 마음으로 삶을 마주하자면 불교에 뜻을 두는 것 말고는 달리 방법이 없겠다고 생각해서였다.

수행 생활을 갓 시작한 수도승은 종종 각기병을 앓는다. 나 역시 수행을 한 지 얼마 되지 않아 병원 신세를 졌는데, 그러면서도 절에 돌아갈 날을 손꼽아 기다렸다. 절 말고는 달리 길이 없었으니까.

키 180센티미터가 넘는 몸이 체중 50킬로그램을 밑돌았고, 오른쪽 손발은 마비되어 감각이 없었다. 예전으로 돌아가지 못할 수도 있다고 의사가 말할 정도로 상태가 심각했다. 그래서 절 사람들은 '더는 절에서 못 지내겠구나' 하고 여겼던 모양이다. 다시 절에 돌아갔더니 좀비라고들 놀렸다.

나의 선택이 맞았는지는 죽을 때까지 알 수 없다. 그러나 사는 동안은 석가의 가르침에 뜻을 두려 한다.

구멍 난 나 자신을 받아들이며 살기

세상의 정보는 대부분 없어도 그만

괴로움에서 벗어나고 싶다고 간절히 바랄 때
우리는 비로소 자신에게 꼭 필요한 정보를 가려낸다.
가려낸 정보에서 지혜가 움트고 삶의 가치관이 자란다.

나 자신을 들여다보려면 '교양'이 필요하다. 이렇게 말하면 "책 읽으며 공부하는 게 좋을까요?"라고 묻기도 하는데, 그런 뜻으로 하는 말이 아니다. 여기에서 말하는 교양은 흔히 말하는 정보나 지식과는 다르다. 학교를 어디까지 나왔고 책을 얼마나 읽었는지는 교양과 별 상관이 없다. 있어도 그만 없어도 그만이 아니라, 누구에게나 꼭 필요한 것이 바로 교양이다.

왜 교양이 있어야 하는가. 어떤 문제를 생각할 때 밑바탕이 되는 가치관을 갖기 위해서다. 나에게 세상은 어떤 곳인가? 나와 세상은 어떤 관계인가? 가치관이 서야만 세상을 깊이 들여다볼 수 있다. 그러자면 나에게 필요한 정보를 찾아서 교양을 길러야 한다. 이때 오해하면 안 되는 것이 있다. '정보' '지식' '지혜' '교양'이 모두 다르다는 점이다.

짧게 정리하면 이렇다. 먼저, 세상에 있는 '정보'의 99퍼센트는 있어도 그만 없어도 그만이다. 나에게 필요한 정보는 단 1퍼센트에 불과하다. 가려낸 1퍼센트의 정보가 '지식'이 된다. 지식을 고민에 직접 활용하면 '지혜'가 된다. 그러니 지혜가 있다는 건 스스로 가려낸 지식을 삶에 어떻게 녹여내면 좋을지 안다는 뜻이다.

그런데 '지혜가 생기면 교양이 쌓이고, 교양이 쌓이면 가치관이 길러지는 거구나!' 하고 섣불리 생각하면 안 된다. 가치관이 없으면 넘쳐나는 정보 속에서 나에게 꼭 필요한 1퍼센트의 정보를 가려낼 수 없다. 말하자면 '정보→지식→지혜→교양→가치관'은 하나의 순환 고리인 셈이다.

그렇다면 가치관과 교양은 어떻게 기를 수 있을까. 앞서 말한 장인 이야기를 떠올려보자. 하루하루 자신에게 주어진 일을 묵묵히 해내는 장인들이 책에 파묻혀 공부만 할 리는 없다. 그러나 장인에게는 자기 나름의 가치관이 있다. 가치관이 서지 않으면 애초에 남들이 높이 사는 결과물을 만들어내지 못한다.

장인들은 어떻게 가치관을 기를 수 있었을까. 끊임없이 사유하기 때문이다. 이들은 일을 통해 세상을 보는 눈을 길렀다. 자신에게 무엇이 필요하고 불필요한지 안다. 실수를 거듭하고 시행착오를 거치면서 깊이 몰두했고, 필요한 '정보'를 찾아 '지식'을 쌓았으며, 몸소 실천하는 과정에서 '지혜'가 움터 '교양'과 '가치관'이 자라난 것이다.

그러면 우리 같은 사람들은 어디에서부터 어떻게 시작하면 좋을까? 먼저 눈앞의 문제를 외면하기보다 있는 그대로 부딪치고 고민해야 한다. 자신의 문제를 올바로 바라보고, 상황을 헤쳐나가고 싶다고 진심으로 생각할 때 무언가를 배

그럼에도 왜 사느냐 묻는다면

울 수 있다. 그러자면 제대로 부딪치고 몰두해야 한다.

괴로움에서 벗어나고 싶다고 간절히 바랄 때 우리는 비로소 자신에게 꼭 필요한 정보를 가려낸다. 물론 그런다고 상황이 바로 바뀌지는 않는다. 정보를 어떻게 활용하면 좋을까, 문제를 어떻게 풀어가면 좋을까, 이리저리 고민하다 보면 '정보'가 '가치관'으로 바뀌는 선순환이 시작된다.

조금 느릴 수도 있다. 문제를 잘못 짚으면 정보에서 가치관으로 이어지는 순환이 잠시 멈칫하기도 한다. 그러나 이 순환은 느릴지언정 꾸준히 이어질 것이다. 그러다 보면 가치관은 자라나기 마련이다.

인생은 원래 괴로운 것

남들이 보기 좋게 포장해놓은 노하우로
불안감을 지우려 해도 쉽지 않다.
지금 자신의 상황을 냉정하게 인식하고
진득하게 들여다보는 끈기가 필요하다.

"저는 부정적인 생각을 많이 하는 것 같아요."

"자신감이 없고, 아무리 노력해도 늘 불안해요."

절에 와서 이렇게 하소연하는 분들이 부쩍 늘었다. 스스로 걱정이 많다는 사실은 진작부터 알았을 텐데 왜 새삼스레 들추어 또 걱정할까? 이야기를 들어보면 제법 안정적인 생활을 하고 있고, 딱히 큰 문제가 생긴 것 같지도 않은데 말이다. 그래서 무엇이 어떻게 불안하고 어떤 점에서 자신감이 떨어지는지 구체적으로 물으면 속 시원히 대답하지 못한다. 즐겁지 않으면 불안하다고 여기며 막연히 걱정하는 경우도 많은 것 같다.

요즘 들어 일이 잘 안 풀린다며 한숨부터 푹 쉬기도 한다. 무슨 일이 그리 안 풀리는지 물으면 "그게, 그냥 이런저런 생각이 들어서요…" 하고 말끝을 흐리는데, '이런저런 생각'이 무엇인지 콕 집어 설명하지 못한다. 지금 이대로는 안 된다고 막연히 걱정하는 것이다.

나에게는 그게, '부정적인 생각이 든다' '잘 안 풀린다'라는 딱지를 자기에게 붙여놓고서 더 깊이 생각하기를 포기하려는 것으로 보인다. 하지만 정체 모를 불안감이 있다면 '이런저런' 생각과 '부정적'인 생각이 무엇인지 제대로 들여다보아야 다음 발을 내디딜 수 있다.

지금 어떤 문제로 고민이고 무엇이 필요한가. 어떤 상황을 어떻게 바꾸고 싶은가. 이를 제대로 보려면 자신의 상황을 냉정하게 인식하고 진득하게 들여다보는 끈기가 필요하다.

인생살이 노하우를 일러주는 책과 정보는 이미 차고 넘친다. 그러나 인생은 생각보다 복잡하다. 놓인 환경과 조건이 저마다 달라서 그렇다. 스스로 고민하려는 노력 없이 남들이 보기 좋게 포장해놓은 노하우를 내 삶에 꿰맞추려 해도 꼭 맞아떨어지지 않는 건 이런 이유에서다. 효과는 바로 보고 싶고 몸은 편하기를 바라면 어디 잘되겠는가.

안타깝지만 몇십 년 동안 내 안에서 몸집을 불린 괴로움이 하루아침에 싹 가시는 기적은 일어나지 않는다. 참선을 딱 한 번 해보고서 '나도 이제 도를 깨우쳤구나' 하지 않듯이 말이다. 소소한 수행이 작은 결과로 이어진다. 그러니 당장 문제가 풀리기를 바라면 그 그릇에 맞는 결과밖에 얻지 못하는 것이 당연하다. 상황을 어떻게든 바꾸고 싶다면 '이렇게 하면 어떨까?' '저렇게 하면 좀 나을까?' 하고 조금씩 고쳐나가는 수밖에 없다.

귀찮더라도 정성을 들일 가치는 충분하다. 물론 정성을 들인다고 반드시 문제가 해결되지 않는다. 무언가를 꾸준히

그럼에도 왜 사느냐 묻는다면

하면 스트레스도 쌓이기 마련이다. 하지만 계속해서 해나가다 보면 언젠가 괴로움을 털어버리고 마음을 추스르는 때가, 내가 해야 하는 일이 무엇인지 깨닫는 때가 온다.

어차피 스트레스를 받을 거라면 시간과 정성을 들이는 게 나을까, 눈앞의 문제와 감정에 휘둘리는 게 나을까? 어느 쪽을 고를지는 온전히 나의 몫이다. 욕심을 비우고, 할 수 있는 건 다 했다고 스스로 고개를 끄덕일 수 있으면 충분하다.

제 2장

때로는
꿈과 희망도
짐이 된다

사람에게는 좌절이 필요하다

꿈이 산산이 조각나면 이익을 따져가며 행동하기보다는
나에게 정말로 소중한 것이 무엇인지 돌아보게 된다.
좌절감을 맛보면 비로소 눈에 들어오는 것이 있다.
절망의 끝에서만 볼 수 있는 풍경이 있다.

예전에 한 중학교에 초대받은 적이 있다. 사회를 맡은 학교 선생님이 여러분의 삶에 도움이 되는 이야기를 해줄 거라며 나를 소개했다. "그런 이야기엔 자신이 없습니다만……"이라고 나는 운을 뗐다.

"저는 60이 다 된 늙은이라 사실 여러분의 마음은 잘 알지 못합니다. 지금부터 해드릴 이야기가 인생에 도움이 될지 어떨지 모르겠지만, 저에게도 중학생 시절이 있었지요. 그때를 떠올리며 이야기하려 합니다. '이건 좀 괜찮네' 싶은 말만 마음속에 간직해도 됩니다."

그런 다음 풀어놓은 이야기를 간추리면 이렇다.

어른들은 여러분에게 꿈과 희망을 가지라고 말할 것이다. 물론 꿈을 이루며 살면 박수받아 마땅하다.

그런데 이 나이를 먹도록 살면서 배운 점이 있다. 꿈이 이루어지지 않거나 바라는 대로 되지 않을 때가 인생에는 훨씬 많다는 점이다. 살면서 한 번쯤은 꿈이 무너져 좌절한다. 하지만 걱정하지 않아도 된다. 꿈이 산산이 조각나도 인생은 계속되니까. 꿈을 이루는 것보다 중요한 건 꿈이 무너져도 살아갈 수 있느냐다.

주변을 한번 둘러보라. 여러분의 선생님과 엄마, 아빠는 어릴 적 품었던 꿈을 이루어 꿈에 그리던 인생을 살고 있을까? 밭일을 하고 공원을 산책하는 할아버지와 할머니에게 새삼스 럽게 꿈과 희망이 필요할까?

꿈 같은 거 이루려 하지 않아도 모두 건강히 잘만 지낸다. 그러니 없는 꿈과 희망을 억지로 만들 필요는 없다. 아무 문제 없으니, 마음을 편히 가져도 된다.

미래가 창창한 중학생에게 하기에는 너무 노골적인 말 아닌가 싶을지도 모른다. 그렇지만 학생들은 눈을 반짝이며 들어주었다. 다행히 나의 이야기가 와닿았던 모양이다.

꿈과 희망을 품으면 안 된다는 게 아니다. 다만 꿈과 희망이 없어도 살아가는 데엔 전혀 문제가 없다는 뜻이다. 요즘 흔히들 말하는 '꿈'은 보통 '직업'을 가리킨다. 요즘 사람들에게 '꿈'은 곧 되고 싶은 직업이고, 일을 통해 자아를 실현하려고 한다.

그런데 1장에서 이야기했듯이 '나'라는 존재는 애당초 모호하다. 그래서 직업을 생각할 때 무엇보다 중요한 건 남에게 도움 되는 일로 돈을 벌 수 있는가다. 직업은 꿈을 위한 것만은 아니다. 이를 알지 못하면 꿈과 희망이라는 말의 덫에 걸리기 쉽다.

정말로 훌륭한 건 원하는 바를 이루며 사는 사람이 아니다. 꿈이 산산이 조각나도 살아가는 사람이다. 원하는 바가 이루어지지 않아도 굳건히 사는 사람이다. 꿈과 희망을 이루며 산다는 건 어떤 의미에서는 순탄한 삶이라 할 수 있다. 가령 올림픽에서 금메달을 딴 선수는 사람들의 기대와 중압감을 견뎌내고 좋은 결과를 냈다는 점에서 박수를 받아 마땅하다. 그러나 이들은 타고난 재능과 정신력이 있었고, 꿈을 이루기 위해 그에 걸맞은 노력을 했을 따름이다. 재능과 노력에 걸맞은 성과를 냈으니 어찌 보면 당연한 결과다.

뼈를 깎는 노력을 했지만 메달 근처에도 못 간 선수가 메달을 딴 선수보다 못한 사람이냐 하면 그렇지 않다. 원하는 바를 위해 있는 힘껏 최선을 다했지만 꿈을 이루지 못했다. 꿈을 손에 넣으려 온 힘을 다했지만 역부족이었다. 이런 좌절을 털고 일어나 다시금 앞을 향해 나아가는 이의 저력은 얼마나 감탄스러운가. 좌절은 생각의 폭을 넓혀주고 마음을 단단하게 다져주는 재산이 된다.

사람에게는 좌절이 필요하다. 좌절감을 맛보면 무엇이 나에게 이익인지 저울질하던 마음을 내려놓을 수 있다.

'욕심을 채우고 싶다.'

'남들에게 인정받고 싶다.'

'기왕이면 나에게 득이 되었으면 좋겠다.'

이렇게 우리는 평소에 이익을 얻으려는 마음으로 움직인다. '이렇게 하면 잘될지도 몰라' '이게 나한테는 더 좋겠어' 하고 생각한다. 그런데 한번 실패를 맛보면 이리저리 따져 보던 마음이 싹 가신다. 생각대로 되지 않거나 꿈이 산산이 조각나면, 이익을 따져가며 행동하기보다는 나에게 정말로 소중한 것이 무엇인지 돌아보게 된다.

나에게 소중한 가치가 무엇인지 깨달으면, 노력이 좋은 결실로 이어질지 알 수 없더라도 걸음을 내디딜 수 있다. 이런 이에게는 잠재력이 있다. 그러니 꿈이 손에 잡히지 않아도 낙심할 것 없다.

꿈과 희망이 오히려 인생의 걸림돌이 될 때도 있다. 꿈이든 희망이든 어찌 보면 마약이나 다름없다. 이루어질 리 없는 꿈을 하염없이 붙들고 있는 건 '꿈'이라는 환상이 걷혔을 때의 현실이 두렵기 때문이다.

꿈과 희망을 꼭 붙들고 있기가 힘겹지는 않은가? 계속 힘겹게 붙들고 있을 텐가, 아니면 놓아버리고 편해질 텐가. 꿈이라는 말 뒤에 가려진 속마음을 한 번쯤은 유심히 살펴야 한다.

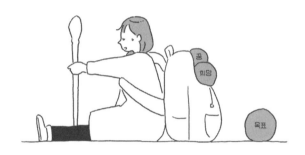

꿈과 희망을 붙들고 있는 삶에 지쳐 있지는 않은가

나와 내 꿈 사이의 진짜 거리

내가 정말 꿈을 이룰 수 있을까?
꿈을 위해 고생하며 손해를 감수할 각오가 되어 있는가.
잘 안될 수도 있다는 생각으로 차근차근 살펴야 한다.
그러지 않으면 꿈은 그저 한낱 꿈으로 그칠 수 있다.

정말로 이루고 싶은 일이 있다면, 꿈과 희망을 품되 냉정해야 한다. 꿈이라는 이름의 두루뭉술한 허상에 시간을 들여도 바뀌는 것은 없다. 정말로 이루고 싶은 일이 있다면, 꿈과 희망을 품는 게 나에게 어떤 의미인지 깊이 들여다보아야 한다.

깊이 들여다본다는 건 꿈에 이르는 거리를 정확하게 안다는 뜻이다. 지금 나의 모습과 꿈 사이의 거리를 정확히 알아야 꿈에 이르는 방법을 찾을 수 있다. 현실적으로 이룰 수 있는 꿈인지, 꿈을 위해 손해를 감수하고 고생할 각오가 되어 있는지 알 수 있다.

꿈을 이루기 위한 과정을 구체적으로 그려보지 않고 막연히 꿈만 꾸는데 꿈이 이루어질 리 없다. 정말 이루고 싶은 꿈이 있다면 '목표'로 바꾸어 생각하라. 꿈이 곧 직업을 가리킨다면, 먼저 나의 능력을 냉정하게 파악해 취직에 이르는 과정을 구체적으로 그려보자. 취직을 위한 조건을 쌓고, 기회가 찾아왔을 때 잡으면 된다. 원하던 대로 취직에 성공하면 더할 나위 없지만, 취직이 쉽사리 되지 않는다면 꿈을 접을 타이밍도 생각해야 한다.

'목표'를 생각할 때는 단념할 가능성도 구체적으로 생각해야 한다. 내 뜻대로 되지 않을 수도 있음을 알 때 비로소 상황을 냉정하게 살필 수 있다. 단, 냉정하게 살핀다는 건 냉소적으로 보는 것과는 다르다. 냉소적으로 본다면 아직 내가 그리 급하지 않다는 뜻이다. 내 일을 마치 남일 보듯 냉정하게 뜯어보아야 한다. 꿈도, 꿈을 좇는 자신도 가장 낮은 곳에서부터 차근차근 쌓아 올려야 한다.

어쩌면 재능이 없을지도 모른다. 꿈은 이루어지지 않을지도 모른다. 출발선에 설 때는 여기에서부터 생각해야 한다. 그러면 안이한 꿈에 빠져 허우적댈 일이 없다.

꿈과 희망에 이르는 거리는 냉정하게 잰다

불안

집착 뒤에 숨은

원하는 것을 아무리 좋아도 왜 그런 마음이 일어나는지를
알지 못하면 마음은 채워지지 않는다.
왜 그런 마음이 들었는지 내 마음 먼저 잘 살펴야 한다.

우리는 때때로 시간, 지위와 돈, 인정과 칭찬, 특정 상황에 집착한다. 늘 무언가가 부족하다고 느낀다. 그런데 알고 보면 정말로 무언가가 필요한 게 아니다. 무언가를 갈구하는 마음 깊숙이 불안감이 자리하고 있는 경우가 많다.

그러니 무언가에 집착하는 사람에게 그것이 왜 필요한가 물어봐도 모호한 대답만이 돌아온다. 진득하게 이야기를 나누다 보면 사실 자신에게 정말로 필요한 것이 바로 옆에 있음을 깨닫는 경우도 많다.

일전에 고민을 상담하러 온 여성이 "저는 그저 매일 마음 편하게 지낼 수 있으면 좋겠어요"라고 하기에 "그런 매일은 어떤 매일인가요?" 하고 물었다. "아침 7시쯤 일어나서 여유롭게 차를 마시고, 아침 식사를 제대로 차려 먹고……." 들어보니 지금 당장이라도 할 수 있는 일들이었다. 그렇다면 얘기가 빠르다. 나는 조금 더 자세히 물었다.

"그럼 요즘은 몇 시에 일어나나요?"

"8시에 겨우 일어나서, 늘 시간에 쫓겨요."

"그럼 조금 일찌감치 잠자리에 든 다음 7시에 일어나면 마음이 편하지 않을까요?"

"그게, 할 일이 많아서 늦게 자는 거라 잠을 더 줄일 수는 없어요."

"일을 일찌감치 끝내면 어떤가요?"

"시급으로 일하니까, 일하는 시간이 매일 한 시간씩 줄면 깎이는 돈이 한 달에……."

여성은 조심스럽게 셈을 했다. 그런데 나에게 어떤 가치가 중요한지 알면 구태여 남에게 물을 것도 없다. 아침 시간을 여유롭게 쓰며 하루를 평온하게 보내고 싶다면 수입이 다소 줄어든들 무슨 상관이랴. 돈을 많이 벌고 싶으면 하루하루가 바빠도 별수 없다며 열심히 일하면 그만이다.

괴로워할 필요 없이 어느 하나를 고르면 된다. 무엇을 바라는지, 나에게 중요한 가치가 무엇인지 자기 자신을 잘 알지 못하니까 혼란스럽고 불안하다. 그래서 원하는 무언가를 손에 넣으면 행복해지리라 착각한다.

원하는 것이 뭐냐고 물으면 이루어질 수 없는 꿈을 늘어놓는 사람도 있다. 호화로운 저택에서 살고 싶다는 둥 유명세를 타고 싶다는 둥 애당초 불가능한 일임을 스스로도 잘 알면서 무턱대고 바란다.

이런 이들은 마음속에 채워지지 않는 공허함이 있어 줄곧 심한 불안에 시달리곤 한다. 그러면서도 자신이 불안하다는 사실조차 깨닫지 못한다. '이러려고 한 게 아닌데.' '이대로 괜찮을까?' 이런 막연한 불안을 잠재워줄 대체재를 찾을 뿐이다. 내 삶을 내 마음대로 살고 싶다는 욕망이 이런 식으로 드러난다.

내 마음대로 하고 싶다는 욕망은 최근 몇 년 사이 각광받은 '비우는 생활'에서도 드러난다. 물건은 말할 것도 없고 가구조차 거의 들이지 않은 심플한 집에서 지내는 생활이 인기다. 그런데 본질을 들여다보면 삭막하기 그지없는 집은 잡동사니가 가득한 너저분한 집과 다르지 않다. 극단적으로 심플한 생활에는 내 집을 내 마음대로 좌지우지하고 싶다는 욕망이 깔려 있다. 물건을 버리는 행위는 물건을 소유하고 싶은 욕망과 본질적으로 같다. 말하자면 내 마음대로 하고 싶다는 욕망에 '버리기'도 포함되는 것이다.

어떤 생활을 하든 저마다의 몫이다. 다만 늘 마음에 새겨야 할 점이 있으니, 바로 모든 일이 내 마음처럼 착착 돌아가지는 않는다는 점이다. 왜 내가 필요하다고 느끼고 버리고 싶다고 생각하는지 돌아보아야 한다. 이유를 모르면 아무리 원하는 것을 좇고 먼지 하나 없는 말끔한 집에 살아도 불안은 가시지 않는다.

그러니 생각을 뒤집어야 한다. 나는 대체 무엇에 불안을 느끼는가. 어떤 상황이 나를 불안에 떨게 하는가. 마음을 깊이 들여다보며 곰곰이 생각해보아야 한다.

거창한 보람을 찾기보다

사소한 곳에 애정을 쏟자

삶에서 자꾸 보람을 찾으려 한다면
무언가가 내 마음 같지 않아 불안하다는 뜻이다.
삐거덕거리는 문제를 바로 잡으면 애써 보람을 찾을 필요가 없다.

거창한 꿈과 희망 없이도 살아갈 수 있듯이, 삶의 보람 역시 있어도 그만 없어도 그만이다. 그래도 기왕 주어진 삶이니 의미 있게 살면 좋지 않느냐 말하기도 한다. 하지만 우리는 '기왕'이 아니라 '우연히' 태어났다. 물론 내가 하는 일이 뿌듯하고 하루하루가 보람차다면 나에게 주어진 나날을 한껏 누리면 된다. 그러나 삶에서 보람을 느낄 틈이 없다고 해서 걱정할 일도 아니다. 애써 보람을 찾지 않아도 행복할 수 있다.

"그래도 사회의 일원으로서 매일매일을 보람차게 살면 좋잖아요."

"저도 남에게 도움이 된다고 느끼며 살고 싶어요."

"저에게 주어진 사명을 찾아서, 남들에게 도움이 되고 싶어요."

이런 고민을 하는 분들에게는 구체적으로 누구에게 도움이 되고 싶은지를 묻는다. 그러면 십중팔구 "그러니까 그게……" 하고 말끝을 흐린다.

얼마 전, 같은 고민을 털어놓는 남성에게 "그러시다면 아내분이 기뻐할 만한 일을 하는 건 어떨까요?" 하고 물었다. "그건 좀……"이라며 허허 웃기에 '아내도 사람인 건 매한가지인데'라고 생각하며 고개를 갸웃했었다.

남에게 도움이 되고 싶다면 소중히 여기고 싶은 사람을 먼저 떠올려보라. 참으로 간단하다. 현실적으로 생각하면 소중히 여겨야 할 사람은 나와 인연이 깊은 사람, 즉 가까이에 있는 사람 아닐까. 그런데 대부분은 자신의 고민을 구체적으로 뜯어보지 않는다. 사회적으로 뜻깊은 일을 해서 보람을 느끼면 답답한 마음이 한결 가뿐해질 거라 막연히 기대한다.

삶에서 보람을 찾고 싶다는 분들의 이야기를 들어보면 지금 상황이 마음에 들지 않고 문제가 있다고 느끼면서도, 정작 상황을 있는 그대로 보지 못하는 경우가 많다. 그러나 감정을 지우고 문제를 하나하나 뜯어보면 대부분 금방 해결책이 보이곤 한다.

인간관계가 얕은 것 같아 고민이라면 먼저 사람들 속으로 들어가보라. 가까운 관계 먼저 찬찬히 살피라. 삐거덕거려서 거슬리는 점만 바로잡으면 굳이 큰 보람을 찾으려고 애쓸 필요가 없다.

그래도 살면서 보람은 꼭 필요한 거 아닌지 고개를 갸웃한다면, 길을 걷는 이들을 둘러보라. 꿈과 보람을 원동력으로 삼아 사는 것처럼 보이는가. 남에게 도움이 되어야만 삶에 가치가 있다고 생각하는 것처럼 보이는가.

내 삶의 테마는 무엇인가

정말 소중한 것이 무엇인지 깨달았다면,
그 밖의 일들은 그저 흘러가도록 두면 된다.
단순하면서도 가뿐하게 사는 비결이다.

자기 삶의 보람은 아내라고 확신에 차 말하는 남성을 언젠가 마주한 적이 있다. 진심으로 하는 말인가 싶어 잠시 고개를 갸웃했는데, 마음에도 없는 말을 하는 것처럼 보이지는 않았다.

대기업에서 일하는 이 남성은 회사의 인사발령을 거부한 적이 있는데, 이유인즉슨 아내가 이사를 원치 않았다고 했다. "그럭저럭 승진은 했지만 딱히 출세한 건 아닙니다. 인사발령을 거부한 탓일지도 모르지요." 남성은 이렇게 말하며 온화하게 미소 지었다. 딱히 아쉬워하는 기색도 없었다. 아내를 배려해서 인사발령을 거부한 건 그에게는 당연한 일이었다. 아내와 승진을 두고 저울질할 필요도 느끼지 못했으리라.

소중히 여기는 가치가 분명하고 삶에 명확한 테마가 있으면 인생의 갈림길에 섰을 때 크게 고민하지 않는다. 잠시 망설이다가도 끝내 스스로 길을 찾는다. 이런 사람에게는 잠재력이 있다.

나에게 소중한 테마는 무엇인가. 어떤 것이든 좋다. 갈림길에 섰을 때 삶의 테마는 든든한 이정표가 되어준다. 살아가는 데에 필요한 탄탄한 정신의 밑바탕이 된다.

그런데 이런 생각이 들 수도 있다. 승진을 포기할 만큼 아내를 소중히 여기는 건 아내에게 너무 의존하는 거 아닌가? 설령 의존이라 해도 남에게 기대는 것 자체가 문제는 아니다. 그저 사이좋은 부부일 뿐이다. 아내를 너무 소중히 여긴 나머지 생활이 흐트러지고 누군가가 피해를 본다면 이야기가 다르겠지만 말이다. 의존의 정도가 심하면 관계가 병들어 서로를 좀먹겠지만, 사이가 원만하다면 주변 사람들이 보기에 어떻든 신경 쓸 바가 아니다.

물론 미래의 일은 아무도 모른다. 둘도 없다고 생각했던 사람과 사이가 틀어질 수도 있고 사별의 아픔을 겪기도 한다. 그러면 소중했던 만큼 얼마간 비탄에 잠길 것이다. 그렇다고 나중 일을 두려워하면 그 누구와도 인연을 맺을 수 없다. 어떻게 하면 좋을지는 그때 가서 생각하면 된다.

내가 정한 테마를 소중히 여길수록, 정성을 듬뿍 들일수록 마음이 깨졌을 때 받는 충격이 크다. 하지만 미리 각오해야 한다. 소중히 여기는 일, 인연, 삶의 테마는 변할 수도 있고 잃을 수도 있다. 이런 마음가짐으로 남과 인연을 맺자. 때로는 넘어질지언정 자신의 테마를 따라 살아보는 거다.

소중히 여기고 싶은 가치가 있다면 그 밖의 일들은 그저 흘러가도록 두어도 된다. 고민은 줄고 삶은 한결 가뿐해질 거다.

일일시호일, 그래도 날마다 좋은 날

내가 아닌 남을 위해서 무엇을 할 수 있을지 생각해보고,
하고 싶은 일이 아니라 해야 하는 일을 하자.
그러다 보면 '산다는 거, 괜찮은 거네' 싶은 하루하루가 쌓인다.

선禪에는 '일일시호일日日是好日'*이라는 말이 있다. 흔히 "날마다 좋은 날이다"라고 알려져 있지만 엄밀히 말하면 좋은 날인지 나쁜 날인지 따지는 건 무의미하다는 뜻이다. 매일이 호일好日이니 좋고 나쁨을 따질 필요가 없다. 즉, 매일이 소중하면 좋을 것도 나쁠 것도 없다.

'일일시호일'이라는 말이 나오는 글의 바로 앞에는 이런 구절이 있다. "15일 이전은 묻지 않겠다. 15일 이후에 대해 말해보아라." 15일 전의 일에 대해서는 묻지 않겠으나, 15일 뒤에는 어떨 것 같은지 말해보라는 물음이다. '이전'과 '이후'를 인생의 지난날과 앞으로 맞이할 날로 이해할 수도 있고, '인생에 가치 있는 날과 그렇지 않은 날이 따로 있는가?' 하는 물음으로 생각해볼 수도 있다. 노승은 제자들에게 이렇게 묻고서 스스로 '일일시호일'이라 답했다. 부처의 가르침을 따르는 자에게는 좋을 것도 나쁠 것도 없는 수행의 날이 있을 따름이다. 이런 말이 하고 싶었던 것이리라.

한평생을 돌아보며 좋은 인생이었는지 나쁜 인생이었는지 따지는 건 의미가 없다. 죽음을 앞두고서 '그래, 이 정도면 괜찮은 인생이었지' '좋을 때도 힘들 때도 있었지만 그래

---

* 중국 송나라 때의 불서 《벽암록》에 실린 운문 선사와 제자들의 대화 장면에 나오는 말.

도 잘 살았네'라는 생각이 들면 충분하다. 삶을 이렇게 매듭지으려면 나 자신을 제일로 여기는 마음은 내려두고 남에게 자신을 활짝 열어야 한다. 무엇이 나에게 이익일지 셈하기보다는 남과 연을 쌓아야 한다.

별 볼 일 없는 내가 과연 이 세상을 잘 살아갈 수 있을까 하고 생각하면 때로는 막막하게 느껴지기도 한다. 그러나 막막해도 살아야지, 어쩌겠나. 기왕이면 내가 뜻을 둔 일에 마음을 쏟아보는 거다.

그런데 많은 사람이 자기에게 득이 되는 길을 찾으려고 안간힘을 쓰고 경쟁에 치여 기진맥진한다. 경쟁에서 이겨야 이득이라는 생각 때문에 늘 바쁘고, 능력 있고 멋지게 살아야 한다는 착각에 빠져서 날로 피폐해진다.

이런 사람에게는 일찍이 어둠이 깃든다. 그런데 인생에 죽고 사는 것만큼 중요한 문제는 없다. 지금 나를 괴롭히는 흥정과 경쟁은 그저 인간이라는 존재가 지닌 하나의 속성일 뿐이다.

타인과 어떤 관계를 맺고 있는지가 내가 누구인지를 말해준다. 그렇다면 남을 위해서 할 수 있는 일이 무엇인지 생각해볼 일이다. 남이 하라는 대로 하라는 게 아니다. 타인과 고민을 나누고 행동으로 옮겨야 한다. 정말로 해야 하는 일은 이거다. 하고 싶은 일이 아니라 해야만 하는 일을 찾자.

완벽하지 않아도 괜찮다. 참고 견뎌서 좋은 사람이 될 필요도, 몸을 던져 희생할 필요도 없다. 내가 제일로 소중하다는 착각, 진짜 내 모습을 찾아야 한다는 착각, 꿈을 이루며 사는 게 잘 사는 거라는 착각은 그만 내려놓아야 한다. 그런 다음 타인과의 관계 속에서 '나'라는 존재를 또렷이 바라보아야 한다. 그러면 '사는 것도 힘들지만은 않네' '산다는 거 꽤 괜찮은 거네' 싶은 하루하루가 차곡차곡 쌓일 것이다.

제 3 장

감정에 휘둘려도 괜찮다

인간관계다

노력만으로 되지 않는 게

가족이든 직장 동료든 연인이든,
대부분의 관계에는 주도권을 쥔 사람과
이익을 보는 사람이 있기 마련이다.
가까운 사이일수록 이 점을 기억해야 한다.

'남들과의 관계가 마음처럼 안 되는 건 내 노력이 부족해서일까?'

'진심으로 대하면 상대가 바뀌지 않을까?'

혹시 이런 생각을 해본 적 있지 않은가? 아니면 '너부터 바뀌어야 한다'라는 조언을 들은 적이 있지 않은가?

그런데 이미 어긋난 사이는 애정과 노력만 가지고 이어 붙일 수 없다. 정성을 듬뿍 들이면 남이 바뀔 거라는 생각은 새로운 고통을 낳을 뿐이다. 설령 가족이라 해도 그렇다. 한 50대 남성의 이야기를 들려주고 싶다. 내가 더 잘하면 될 거라 생각하며 줄곧 열심히 산 분이다.

시청 공무원인 이 남성은 일을 하는 한편으로 90세가 다 된 아버지를 홀로 돌보았다. 아버지는 치매 초기이고 눈도 좋지 않았는데, 주간 보호 센터와 병간호 서비스는 모두 거부하고 아들의 돌봄만 받겠노라 고집했다. 어머니는 이미 돌아가셨고, 외동아들인 남성은 고군분투하고 있었다.

그런데 서서히 한계가 찾아왔다. 남성은 점점 수척해졌고 얼굴도 눈에 띄게 상했다. 직장 동료들은 그러다가 쓰러지겠다며 남성을 걱정했다. 시청 복지 담당자도 "이러다가 아드님이 큰일 나시겠다"라며 걱정할 지경이었다고 한다.

남성이 아버지를 지극정성으로 간호한 데에는 이유가 있

었다. 부모님의 사랑을 한 몸에 받으며 자랐으니 이제는 자신이 보답할 차례라고 생각했다. 아버지의 뜻을 거스르면 훗날 후회하진 않을까 걱정도 되었다. 자식이 부모를 돌보는 건 당연한 일이라고 아버지가 말씀하시니, 자식 된 처지에서 그리할 수밖에 없었던 거다.

남성은 견디다 못해 나에게 전화로 조언을 구했다. 계속 혼자 참고 견뎠으면 몸져누워 병원 신세를 지거나 아버지가 없었으면 하는 마음을 품었을지도 모른다. 그것만큼은 안 될 일이다. 그런데 누군가를 병간호하게 되면 그렇게 막다른 곳으로 몰린다. 어긋난 관계 속에서 '내가 참아야지' '내가 조금만 더 힘내야지' 하며 이도 저도 할 수 없게 된다.

나는 일단 아버님을 주간 보호 센터에 맡기는 게 좋겠다고 이야기했다. 하루에 단 몇 시간이라도 아버지와 떨어져 쉴 시간이 필요해 보였다. 하지만 남성은 아버지를 설득할 자신도 없고, 당신을 센터에 맡기겠다는 이야기를 들으면 아버지가 상심하실 거라며 고개를 저었다. 아들을 먼저 저세상으로 떠나보내면 아버님이 더욱 불행해지지 않겠냐고 설득했더니 남성은 그제야 마음을 바꾸었다.

남성의 말을 들어보니 주간 보호 센터에 간 아버지는 역시나 역정을 내셨다고 한다. 그래도 "아버님께 상황을 잘 설명하고, 보호 센터를 꾸준히 이용하는 게 좋겠습니다" 하고 조언해드렸다. 혼자 쉴 시간을 확보하는 건 이분에게 생사가 걸린 문제나 다름없었다. 나는 남성에게 이렇게 말했다.

"상황이 정 여의찮으면 제가 아버님을 설득하러 가겠습니다."

나 역시 이만한 각오가 있었기에 할 수 있는 말이었다.

'조금 더 열심히 하면 언젠가 알아주겠지.'

'내가 바뀌면 상황이 좋아질 거야.'

성실하고 열심히 사는 사람일수록 이렇게 믿는 경향이 있다. 그러나 인간관계는 아무리 노력해도 알아주지 않을 때가 더 많다. 특히 가족 문제는 사랑과 배려라는 말로 덮으려고 하면 할수록 도리어 수렁에 빠진다. 가족을 병간호해야 하는 상황일 때 특히 그렇다. 가족 중에 힘이 없는 사람이 고통을 짊어지는 경우가 많은데, 요즘 대두되고 있는 '가족 돌봄 청년' 문제도 이 경우다.

간병 기간이 길어지면 누워서 간호받는 환자보다 간병인의 건강이 약화되기도 한다. 정성을 다해야 한다는 믿음이, 간호받는 환자와 간호하는 보호자의 상황을 뒤바꿔놓는다. 문제는 당사자들에게는 이런 상태가 당연하게 여겨진다는 점이다. 제삼자가 짚어주지 않으면 상황이 나아지지 않는다.

어긋난 사이가 나 하나의 관심과 노력으로 해결되리라는 생각은 내려놓아야 한다. 가족이든 연인이든 친구든, 나이, 성별, 직업이 어떻든, 얼마나 각별한 사이든 어디까지나 남이라는 사실을 기억하자. 그래야 상황을 올바르게 볼 수 있다.

그런 다음 다시 생각해보자. 내 힘으로 바꿀 수 있는 관계일까? 관계의 틀을 바꿀 여지가 있을까, 아니면 관계를 끊는 것이 좋을까? 때로는 냉정해져야 한다.

가족에서부터 나라에 이르기까지 어떤 집단이든 관계의 기본은 '정치'다. 즉, 대부분의 관계에는 주도권을 쥔 사람과 이익을 보는 사람이 있다. 먼저 관계를 제대로 파악해야 상황을 올바르게 볼 수 있다. 가족은 사랑으로 이어진 관계라고 반문할지도 모르지만, 이해가 얽힌 정치적인 관계인 건 매한가지다.

부모가 자식에게 조건 없는 사랑을 주는 듯 보여도 '이렇게 하면 사랑해줄게' '엄마 아빠가 바라는 대로 하면 칭찬해줄게' 하고 거래를 하기도 한다. 아이를 위한다고 말하지만 사실은 부모의 이익을 우선시하기도 한다. 아이들은 부모의 말을 들을 수밖에 없는데, 어릴 적 일들이 다 자라고 나서 영향을 미치기도 한다.

많은 사람이 인간관계를 '나'라는 틀 안에서 생각한다. 그리고 자신이 만들어낸 기억 속에서 괴로워한다. 기억 속에 타인과의 관계가 올바르게 새겨져 있으면 문제를 돌아볼 때 도움이 된다. 하지만 기억 속에 나의 감정과 시점만 남아서 '나는 대체 왜 이럴까?'라는 생각만 메아리치면 고민이 풀릴 리 없다. 타인과의 관계를 들여다보지 않은 채 마음을 닫고 백날 고민해봐야 문제는 해결되지 않는다. 일방적인 임시방편만 나올 뿐이다.

지금부터는 어떻게 하면 기억이라는 덫에서 벗어나 문제를 올바르게 바라볼 수 있는지, 감정을 다루는 지혜와 마음가짐에 대해서 살펴보려 한다. 우리는 감정과 거리를 두지 못해서 상황을 올바르게 보지 못할 때가 참 많다.

넘치지 않는 마음

흔들릴지언정

삶에는 희로애락이 따른다.
때로는 마음이 흔들리고 화가 나더라도
부드럽게 흔들리다 이내 제자리를 찾는 '부동심'을 길러야 한다.

타인이라는 바다를 헤엄치며 살아가다 보면 스트레스와 갈등은 피할 수 없다. 감정에 휘둘리지 않으려 해도 흔들리고 흐트러질 수밖에 없다. 하지만 감정의 파도에 휩쓸리지만 않으면 괜찮다. '마음'이라는 그릇에서 감정이 넘치지만 않으면 된다.

'부동심'이라는 말이 있다. 어떤 일 앞에서도 묵직한 바위처럼 흔들리지 않는 마음이나 한치의 일렁임 없는 수면처럼 고요한 마음을 일컫는가 하면, 그렇지는 않다. 늘 그런 마음으로 살 수는 없다. 희로애락이 없으면 살아 있다고 할 수 있겠는가.

내가 생각하는 '부동심'은 흔들릴지언정 넘치지는 않는 마음이다. 오뚝이처럼 흔들려도 무게중심 하나는 굳건한 마음이다. 제아무리 세차게 흔들려도 넘어지는 법이 없으니 얼마나 기특한가.

예상치 못한 일에 마음이 흔들리고, 선뜻 이해되지 않는 상황에 화가 나도 부드럽게 흔들리다 이내 원래 자리로 돌아온다. 균형감을 잃지 않고 평균대 위를 걷듯이 말이다. 내가 정한 길을 벗어나지만 않는다면야, 길 위에서 잠시 흔들린다 한들 문제 될 건 없다.

우리는 왜 감정에 번민할까. 세상 이치를 근본적으로 잘

못 알고 있어서다. 감정이 얽힌 문제 중 열에 아홉은 세상을 어떻게 보고 생각하느냐에 따라 달라진다.

상황을 바르게 보면 처음에는 감정이 동요하더라도 번민이 뒤따르지는 않는다. 자신 안에 있는 무언가가 판단을 흐릴 때 우리는 감정의 파도에 휩쓸린다. 판단을 흐리게 하는 건 어쩌면 나의 체면과 자존심을 지켜야 한다는 마음일 수 있다. 또는 고정관념에 사로잡혀 있기 때문일 수도 있다. 나의 마음을 바로 보려면 먼저 감정을 물리적으로 멈추어야 한다.

나 역시 감정이 흔들릴 때가 있다. 다만 감정의 진폭을 다스리는 방법을 깨달으면 크게 휩쓸리는 건 피할 수 있다. 감정의 흐름을 끊어낼 줄 알면, 흔들려도 이내 제자리를 찾는 오뚝이와 같은 부동심을 기를 수 있다.

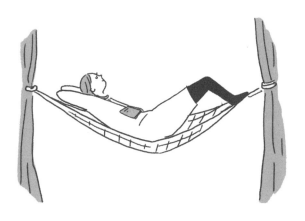

내려오기

감정의 파도에서

소용돌이치는 감정과 생각을 의지만으로 가라앉힐 수는 없다.
평정을 되찾으려면 몸으로 감정을 다스려야 한다.

감정이 흔들려 마음에 큰 파도가 일어도 파도에 휩쓸리지 않을 방법은 있다. 이 사실을 깨달은 건 에이헤이사에서 행정 일을 보던 때였다. 일본 조동종의 총본산인 에이헤이사는 꽤 규모가 크고 많은 승려가 속해 있는 절이다. 승려들이 모인 곳이라지만 저마다 맡은 일이 분명하고 서열도 확실하다. 이런 점은 여느 대기업과 별반 다르지 않다. 후배는 내 마음 같지 않고, 상사는 말이 안 통하고. 속이 타는 건 다반사고 화가 올라오기도 한다.

그러나 승려에게는 참선이 있다. 매일 참선을 하면서 감정과 생각의 끈을 끊는다. 그러면 마음이 차분히 가라앉고, 상황을 새롭게 바라볼 수 있다. '후배가 그런 실수를 한 건 내 말이 잘못되었기 때문은 아닐까?' '누구나 실수는 하는 것 아니던가.' 아무리 화가 나도 참선을 하고 나면 이렇게 마음을 다스릴 수 있다. 그리고 어떻게 대처하면 좋을지도 머릿속에 그려볼 수 있다.

감정과 생각의 파도에 휩쓸려 세상일을 바라본들 달라지는 건 없다. 흔들리지 않는 마음, 즉 부동심을 기르려면 소용돌이치는 감정의 흐름을 끊어야 한다. 그런데 소용돌이치는 마음을 의지만으로 진정시키기는 힘들다. 흐트러진 마음을 가라앉히고 의식의 방향을 바꾸려면 몸으로 감정을 다스려야 한다. 먼저 권하고 싶은 건 좌선이다. 처음에는 지도를 받고 훈련을 쌓아야 하니, 좌선을 체험할 수 있는 절을 찾으면 도움이 된다.

좌선 없이도 감정과 생각을 차단하고 마음을 가라앉힐 방법은 있다. 감정을 잠시 내려두고, 감정에서 한 발 떨어지는 거다. 산책을 하고, 한때 감명 깊게 읽었던 책을 다시 꺼내 보고, 차를 찬찬히 맛본다. 식사를 혼자서 음미해도 좋고, 욕조에 몸을 담그고 물의 감촉에 집중해보는 것도 좋다. 그러면 파도치던 마음이 이내 잠잠해진다. 마음이 번잡할 때면 옛 사진을 꺼내 본다는 분도 보았다. 잡초를 솎아내고 쌓인 눈을 쓸어내는 단순노동도 제법 효과가 있다. 단순한 육체노동을 반복하면 감정 기복이 줄어 마음을 가라앉히는 데 도움이 된다.

그런데 혹자는 '절에 가면 마음이 고요해지니까 해묵은 감정을 훌훌 털어버릴 수 있을 것 같다'라고 한다. 절을 찾는 행위가 쳇바퀴 돌 듯 돌아가는 일상에서 잠시 벗어나는 일이기는 하다. 그러나 절의 기운을 빌려 치유받으려는 목적으로 절을 찾는다면 거래와 무엇이 다른가. 자기에게 좋은 일이 일어나기를 기대하면서 하는 행동으로 평정심을 되찾을 수는 없다.

평정심을 되찾는 건 기분전환과는 다르다. 굳이 비유하자면 육상경기의 도움닫기와 같다. 경기를 위해 경기장에 발을 길들이고 추진력을 얻기 위한 과정이다. 그러니 평정심을 찾으려면 새로운 자극이 없고, 일상에서 손쉽게 할 수 있는 일을 해야 한다. 온천을 찾거나 여행을 떠나면 해묵은 기분이 말끔히 가실 것 같지만, 비일상적인 자극은 평정심을 찾는 데에 적합하지 않다.

마음이 들뜨고 두근거리는 일도 바람직하지 않다. 아무리 감명 깊게 읽었던 책이라도 가슴 뛰는 모험담이나 판타지 소설보다는 담담히 읽을 수 있는 단편집이나 그림책이 제격이다. 천천히 거닐고, 따뜻한 물에 몸을 담그고, 차와 식사로 마음을 가라앉힐 때는 오감에 온전히 집중하자.

지금 예로 든 행동이 아니어도 저마다 맞는 방법을 찾으면 된다. 기억해야 할 점은 두 가지다. 온전히 혼자일 것. 그리고 몸을 많이 움직이지 않을 것. 마음을 다스릴 나만의 방법을 몸에 익혀두면 필요할 때 바로 써먹을 수 있다. 한참 안 하다가 하려면 애를 먹는다. 그러니 평소에 마음의 평온을 찾는 행동을 꾸준히 하면서 습관으로 들이면 좋다.

몸에 익히려면 좌선처럼 어느 정도 훈련이 필요하다. 그래도 한번 해볼 가치, 내 것으로 만들어볼 가치는 있다.

나의 언어로 문제를 이해하자

답을 얻으려 하기보다

고민을 '남이 이해할 수 있는 말'로 입 밖에 꺼내보면
해결의 실마리가 보인다. 주어와 서술어를 넣어서,
지금 어떤 상황이고 무엇이 문제인지 정리해보자.

"하여튼 큰일이네."

"이걸 어쩌지."

이런 막연한 말은 힘들고 괴로울 때 별 도움이 되지 않는다. 영 별로라고, 마음에 안 든다고 투덜거리면 더욱 괴로워질 뿐이다. 문제의 본질은 무엇일까? 왜 이런 일이 일어났을까? 고민을 해결하려면 머릿속을 어지럽히는 '질문'을 손댈 수 있는 '문제'로 재구성해야 한다.

가끔 이렇게 하소연하는 분들이 있다.

"오래도록 제 자신을 돌아봤는데, 어떻게 하면 좋을지 도저히 모르겠어요."

당연한 말이다. 속으로 생각만 하는 건 '문제'가 아니다. 감정이 헛돌고 있을 뿐이다. 그러니 헛도는 감정을 멈춰 세우고 무엇이 문제인지 입 밖으로 꺼내야 한다. 말로 표현한다는 건 곧 감정을 멈춘다는 뜻이다.

고민을 말로 표현하기 어려운 건 왜일까? 문제를 찬찬히 들여다본 적이 없어서다. 고민을 말로 표현할 때는 주어와 서술어가 명확해야 한다. 주어와 서술어를 갖춘 문장으로 지금 상황과 나의 감정이 어떤지, 문제점은 무엇인지 쓰거나 말해보자. 그러면 비로소 문제의 틀이 잡힌다. 문제를 유심히 들여다보라거나 해결하라는 말이 아니다. 그저 남이 이해할 수 있는 구체적인 말로 바꿔보는 거다.

'혼자 감당할 수 있을까, 아니면 도움을 받아야 할까?'

'그저 흘려보내면 될까, 아니면 대면해야 할까?'

누구와 누구 사이에 무슨 일이 일어났고, 지금 내 마음은 어떤지 말로 표현하면 문제에 어떻게 접근해야 좋을지 알 수 있다. 이것이 바로 '질문'을 '문제'로 재구성하는 과정이다.

내 생각이 옳은지 그른지 판단하기 전에 남이 알아들을 수 있는 말로 표현해보면 문제에 어떻게 접근해야 할지 깨달을 수 있다. 직접 말로 해봐야 알 수 있는 것이 있기 마련이다. 다만 말로 표현하기 전에 먼저 마음을 가라앉혀야 한다. 감정이 동요하고 격해지는 건 내 안에 확신과 편견이 있기 때문이다. 내가 지닌 믿음에 내가 반응해서 감정이 격해지는 것임을 알아야 한다. 그런 다음 감정의 흐름을 멈추고, 한 발 떨어져서 내 안의 확신과 편견을 버려야 한다. 그래야만 '질문'을 '문제'로 바꿀 수 있다.

생각하기를 잠시 멈추고, 편평한 땅 위에 발 딛고 서면 비로소 문제가 눈에 보인다. 나는 어떤 감정에 얽매어 있는가. 증오인가 질투인가, 분노인가 슬픔인가. 내가 느끼는 감정 뒤에는 어떤 문제가 자리 잡고 있는가. 자, 이제 거의 다

왔다.

열심히 건물을 지을 때는 건물 전체 모습이 한눈에 들어오지 않는다. 멀리서 보지 않으면 어떻게 생겼는지 알 수 없다. 건물 밖으로 나와 한 발 떨어져서 보아야 비로소 건물의 생김새를 정확하게 알 수 있다.

파도치는 감정이 증오인지 질투인지 구별할 수 있다면 문제는 거의 해결된 것이나 다름없다. 괴로움의 80퍼센트는 이미 정리되었으니, 이제는 어떻게 하면 좋을지 분석하고 판단하면 된다.

문제를 말로 정리하기 어려울 때는 '말기의 눈'으로 문제를 들여다볼 줄 아는 사람을 거울로 삼으면 좋다. 말기의 눈이란 죽음을 앞두고서 욕심을 내려놓은 자의 눈을 말한다. 감정에 번민할 때는 욕심을 내려놓고 세상을 바라볼 일이다. 그러면 나 자신을 고집하며 사는 게 얼마나 부질없는지 깨달을 수 있다. 이런 지혜를 지닌 사람에게 속마음을 털어놓을 수 있으면 더할 나위 없다.

조언을 들을 때 중요한 건 해결책을 듣는 것이 아니다. 나의 문제가 명확해져야 한다. 문제가 명확해지면 구태여 남이 답을 알려주지 않아도 문제에 어떻게 다가가면 좋을지 스스로 답을 찾을 수 있다. 그러니 빨리 답을 얻으려고 조바심 내지 말고, 눈앞의 문제를 자신의 언어로 명확히 표현하고 남에게도 말해보아야 한다.

힘들게 고민을 털어놓고 보니 나를 비춰주어야 할 거울이 뿌옇더라도 헛수고는 아니다. 누군가에게 말하며 문제를 언어화할 수 있었으니 충분하다. 이제 그 문제를 또 다른 거울에 비추어 보면 된다.

남이 해주는 조언이 거슬려도 나쁠 건 없다. 말을 곱씹어 보면서 또 한 발 앞으로 나아갈 수 있기 때문이다. '거참, 거슬리네' 하고 대화를 끝내면 얻을 것이 없지만, '왜 화가 날까?' '어떻게 반론하면 좋을까?'를 생각하다 보면 자기 나름의 해답을 찾을 수 있다.

무릇 거울은 나의 민낯이 또렷이 보여야 한다. 스스로 결정하려면 타인이라는 거울에 비친 내 모습을 유심히 살펴야 한다.

남이라는 거울에 나의 민낯이 비친다

화는 아무것도 해결해주지 않는다

화가 나는 건 내가 옳다는 믿음 때문이다.

분노로 번민하고 싶지 않다면

내가 맞는다고 믿는 일이 정말로 옳은지 냉정히 생각해야 한다.

언젠가 한 스님이 나에게 이런 말을 했다. "나도 90이 넘었으니 웬만한 일은 해탈했다고 생각했지. 맛있는 걸 먹고 싶은 생각도 딱히 없고, 이성이 좋아지는 일도 없어. 그런데 말이야, 화만큼은 어떻게 안 돼. 이 나이를 먹고도 화가 나더라니까. 분노는 아직 해탈하지 못했어. 부처의 가르침을 알려면 아직 멀었지, 뭐."

스님이 개인적인 일로 화를 낸 건 아니었다. 절에서 전쟁고아 구호 활동을 하며 자원봉사의 기틀을 닦은 분이다. 그는 사회적인 문제에 직면하고 비참한 상황에 놓인 이들에게 너무나 무관심한 세상에 분노했다. 스님에게 이런 분노는 지금껏 스님이 해온 활동을 뒷받침하는 원동력이었기에 남다른 의미가 있었다.

이런 분노라면 버리려 애쓸 필요는 없을 것 같다. 감정이 격해졌을 때 그릇에서 넘치지 않도록만 조심하면 된다. 다만 일반적으로 볼 때 분노가 다스리기 힘든 감정임은 분명하다. 나이 90을 넘은 스님마저 여전히 어렵다고 말할 정도이니 말이다.

'화내지 않으리라 다짐했는데, 작은 일에도 부하 직원에게 버럭 화가 나요.'

'동료의 말에 욱하고, 화가 쌓여서 늘 예민해요.'

이런 고민을 털어놓는 사람도 많다. 나도 모르게 욱하는 건, 화를 내면 상황이 어떻게든 해결될 거라는 막연한 기대 때문이다. 그런데 냉정히 생각해보자. 화를 크게 내면 낼수록 듣는 사람은 위축되고 반발심만 커질 뿐이다.

화내는 행동에 쓸모가 있다면 단 하나, 이게 바로 문제라고 과격하게 지적하는 것뿐이다. 하지만 노발대발하며 나무라면 듣는 사람은 쉽사리 수긍하지 못한다. 당연히 문제가 해결되지도 않는다.

누군가가 나에게 화를 낸다면 그저 이 사람이 원하는 게 뭘까를 생각하자. 상사가 "그래서 결론이 뭔데!" 하고 부하직원에게 큰소리를 냈다고 치자. 보고에 핵심이 없다고 지적했을 뿐이니 다음부터는 두괄식으로 보고하면 된다. 성미 급한 상사가 얼마나 예민하게 굴든 지적받은 문제에 초점을 맞춘다. '이 사람은 화를 내면 문제가 해결될 거라고 생각하는구나' 하고 불필요한 분노는 흘려버리면 된다.

화가 나는 건 내가 옳다는 믿음 때문이다. 하지만 '옳은 것'은 모호한지라 늘 변하기 마련이다. 이 사실을 알면 잠시 욱할지언정 분노에 휩싸일 일은 없다. 내가 늘 옳다는 믿음은 불교와는 거리가 먼 마음이다. 불교에서 분노를 경계하는 이유이기도 하다. 괴로움을 낳고 깨달음을 방해하는 세가지 번뇌인 '삼독(三毒, 탐貪·진瞋·치癡 즉, 탐욕·분노·어리석음)' 중 하나로 분노를 꼽을 정도다. '내가 또 화를 냈구나' 하고 깨달았다면 내 생각이 정말 옳은지 짚어보아야 한다.

세상 모든 것은 일정한 조건에서만 성립한다. 분노로 번뇌하고 싶지 않다면 이 생각을 늘 마음에 새겨야 한다. 덧붙이자면, 화를 빨리 가라앉히려면 화가 나는 사람에게서 물리적으로 멀어져야 한다. 기왕이면 일어서거나 의자에 앉기보다는 바닥에 몸을 붙이고 앉으면 효과가 좋다.

마음을 다스리고 싶을 땐 바닥에 앉자

질투는 낮은 착각이 낳은 감정

내가 가져야 마땅한 것을
남이 부당하게 취했다는 생각이 질투를 부른다.
질투라는 속박에서 벗어날 수 있는 힌트가 여기에 있다.

우리는 화 못지않게 질투라는 감정에도 괴로워한다. 동경하고 부러워하는 마음은 '와, 멋있다. 어떻게 하면 저렇게 될 수 있을까?' 하는 감탄에서 그친다. 그런데 질투심은 내가 가져야 마땅한 것을 남이 부당하게 취했다고 착각할 때 생긴다. 원래는 내가 저 자리에 있어야 하는데 나 대신 남이 차지했다고 생각하니 마음에 파도가 친다.

질투의 밑바탕에는 소유욕이 있다. 본디 내 것인데 부당하게 빼앗겼다는 생각 말이다. 이를테면 평범한 직장인은 애플의 창업자 스티브 잡스와 소프트뱅크의 회장 손정의에게 질투심을 느끼지 않는다. 아무리 야구를 좋아해도 세계적인 야구 선수를 질투하는 사람은 없다. 우리처럼 평범한 이들은 애초에 그들과는 발 딛고 선 곳이 다르니 우러러볼 수는 있어도 질투하지는 않는다.

연인이 나에게 쏟아야 할 애정을 엉뚱한 데에 쏟는다는 생각이 들 때, 내가 차지해야 할 지위를 경쟁자가 먼저 차지했다는 생각이 들 때 우리는 질투한다. 경쟁에서 뒤처지더라도 상대가 나의 진정한 경쟁 상대라 여기면 존경심이 앞서지, 질투하지는 않는다. 더욱 정진해야겠다고 스스로를 가다듬을 뿐이다.

질투는 여러 감정 중에서도 좋을 것 하나 없는 감정이다.

우러르고 부러워하는 마음은 나도 저렇게 되고 싶다는 생각을 불러일으켜서 생산적인 행동으로 이어진다. 그러나 질투심에 사로잡히면 내 것을 부당하게 빼앗겼다는 생각에 갇혀 빙글빙글 돌 뿐이다. 어찌 보면 증오심보다도 결이 나쁘다. 증오심은 몸을 움직이는 원동력이 되어 때로는 좋은 결과를 불러오기도 하지만 질투는 사람을 피폐하게 만들 뿐이다. 질투심을 이기지 못해 하는 행동에서 긍정적인 결과를 기대하기는 힘들다.

질투심 뒤에는 비뚤어진 소유욕이 있음을 깨달아야 한다. 나를 돌아보지 않고서는 질투심에서 벗어날 수 없다. 그러니 누군가에게 질투가 난다면 정말로 부당한 상황인지 곰곰이 생각해보자. 가만히 생각해보면 내 실력대로 상황이 흘러간 경우가 대부분이다.

'저 자리에는 내가 있어야 하는데.'

내 생각은 이렇지만 인사 담당자의 생각은 다를 수 있다.

'저 사람은 나를 좋아할 수밖에 없어.'

나는 이렇게 생각하지만 정작 그 사람은 다른 사람에게 더 마음이 갈 수도 있다. 당장은 말도 안 되는 것 같지만, 차분히 돌아보면 그렇지도 않다. 내가 세상을 잘못 바라보고 있었을 뿐이다.

그럼에도 왜 사느냐 묻는다면

질투심을 내려놓으려면 내 생각이 착각일 수도 있음을 깨달아야 한다. 그제야 질투는 불필요한 감정이 된다. 질투의 굴레에서 벗어날 수 있는 비결이다.

루틴을 지키자

감정이 소용돌이칠 때는

화가 나 마음에 거센 파도가 칠 때는
몸과 마음이 따로 떨어져 있다고 생각하고 평소처럼 몸을 움직이자.
그러다 보면 거칠게 일어난 감정도 잦아들기 마련이다.

화가 나고 질투심에 휩싸여 있을 때 억지로 마음을 다스리려 하면 역효과가 날 수 있으니 조심해야 한다. 마음에 거센 파도가 몰아칠 때는 몸과 마음이 따로 떨어져 있다고 생각해보자. 마음에는 감정의 폭풍이 일도록 내버려두되, 몸은 평소와 같이 담담히 하루를 보내는 거다.

머리끝까지 화가 나고 마음이 답답해도 늘 일어나는 시간에 일어나 외출 준비를 하고, 아무 일도 없었던 것처럼 식사를 하고, 어제와 다름없이 집을 나서자. 아니면 집 안을 돌보자. 마치 아무 일 없다는 듯이 말이다.

한번 마음에 거칠게 파도가 일면 끈질기게 출렁이니, 버티는 쪽도 끈기가 있어야 한다. 처음에는 몸을 움직이는 데에 의식을 쏟는다. 그러면 거센 폭풍 같았던 감정이 위험한 상황으로 번지기 전에 잠잠해진다. 직접 해보면 알겠지만, 화를 가라앉히는 데 꽤 효과적이다. 이 방법을 발견한 것도 에이헤이사에 있을 때였다.

에이헤이사에서는 마음이 얼마나 번잡하든 새벽 3시부터 밤 9시까지 빽빽이 들어찬 일과를 소화해야 했다. 좌선, 독경, 작무(作務, 청소와 요리 같은 노동)는 물론이고 회의와 사무 일까지. 눈떠서 잠들기 전까지 일정에 따라 움직였다. 윗사람과 아랫사람을 보며 조바심이 들다가도 나에게 주어진 일을 하다 보면 평정심을 되찾곤 했다. 그렇게 마음이 가라앉으면 비로소 문제를 객관적으로 볼 수 있었다.

'이러지 말아야지' 하고 생각해도 쉽게 되지 않는 게 사람 마음이다. 그런데 생활 패턴이나 행동 패턴이 바뀌면 겉보기에는 달라진 것처럼 보인다. 의지와 노력만으로 분노를 가라앉히기는 힘들지만, 몸과 마음을 따로 떼어놓고 평소처럼 행동하면 겉으로는 별반 다를 것이 없어 보인다. 평소와 다름없이 지내면 남과 부딪칠 일도, 감정이 폭발할 일도 없지 않은가. 그렇게 분노를 흘려보내고 나면 거세게 소용돌이치던 감정이 실은 그리 대단한 것이 아니었음을 깨닫게 된다.

나는 화가 나거나 불만이 쌓이면 솔직한 마음을 혼자 소리 내어 말하거나 글로 적는다. 오래도록 머리를 어지럽히던 감정이건만, 금방 적을 수 있다는 사실에 흠칫 놀랄 때가 많다. 다 적고 나서는 남이 썼다고 생각하고 찬찬히 들여다본다. 그러면 알 수 있다. 이래도 좋고 저래도 좋은 일에 내가 얼마나 연연했는지.

그럼에도 왜 사느냐 묻는다면

인맥도 친구도

많을 필요 없다

살면서 필요한 인간관계는 원래 제한적이다.
인맥이 너무 많으면 새로운 고민과 스트레스로 마음이 지친다.

"아무도 제 마음을 알아주지 않아요."

"아무리 노력해도 이 사람만큼은 도저히 이해가 안 돼요."

이렇게 하소연하는 분들이 있다. 그런데 서로 이해하지 못하는 건 당연하다. 남이 내 마음을 온전히 알아주기를 기대해선 안 된다. 나도 나를 잘 모르는데, 남이 나를 무슨 수로 안단 말인가. 죽었다 깨어나도 다른 사람이 될 수는 없으니 타인에 대해 속속들이 알기란 불가능하다. 혹시 누군가에 대해 잘 안다고 생각한다면, 또는 내 마음을 잘 알아주는 사람이 있다고 생각한다면 오해다.

'이해'는 말하자면 '합의된 오해'다. 서로의 마음을 이해했다는 말은 서로를 오해해서 합의에 이르렀다는 뜻이다. 서로를 저마다의 상황에 맞게 해석해 받아들였을 뿐이다.

친구가 많으면 하루하루가 즐거울 텐데, 인맥이 넓을수록 좋은 거 아닐까? 이렇게 생각하는 사람은 얼마든지 그렇게 살면 된다. 다만 인간관계에서 번잡함을 느낀다면 인맥은 물론이고 친구에게도 연연할 필요가 없다. 억지로 친구를 만들려고 하면 오히려 힘들기만 하다.

나에게 정말로 소중한 사람은 몇이나 될까. 기껏해야 열 명 남짓 아닐까. 많아봐야 스무 명 정도일 것이다. 친한 친구도 많고 직장 동료들과 사이가 좋아도 상황이 변하면 사람 사이의 관계도 변한다. 결국 나의 삶과 모습에 영향을 미치는 관계는 그리 많지 않다. 살면서 필요한 인간관계는 원래 제한적이다.

극단적이기는 해도 친구가 없어도 괜찮다는 데에는 그만한 이유가 있다. 친구가 생기면 우리는 좋은 관계를 이어나가려 노력한다. 친구가 내 마음을 알아주면 좋겠다. 친구에게 도움을 주고 싶고, '나의 이런 마음에 조금이라도 고마움을 느끼겠지' 하고 내심 기대한다. 그리고 나를 인정해주기를 바란다. 그러나 이런 마음은 욕심이다. 나의 마음을 친구가 기꺼이 받아주면 그나마 다행이다. 하지만 친구가 늘 내마음을 알아주리라는 법은 없다. 소통이 원활하지 않으면 새로운 고민과 스트레스가 생긴다.

친구가 너무 많으면 관계를 유지하느라 마음이 피폐해져 정신 건강에도 좋지 않다. 하물며 SNS로만 이어진 피상적인 관계는 있어도 그만 없어도 그만이다. 관계에 대한 고민으로 힘들어하면서 왜 그렇게 친구를 늘리고 싶어 하는가.

그저 내가 해야 할 일을 하고, 그 일이 누가 봐도 마땅하면 굳이 찾아 나서지 않아도 사람이 곁에 모인다. 나와 비슷한 생각을 가진 이가 먼저 다가와 인연이 이어지기도 한다. 이런 사람과는 1년에 딱 한 번 만나더라도 깊이 통하는 무언가가 있다. 어떻게 지내는지 문득 궁금해져 소식을 전해 듣는 것만으로도 마음을 헤아릴 수 있는 사이. 이런 인연이 나에게도 몇 있는데, 더는 이 세상에서 볼 수 없게 되면 아마 부모를 잃은 듯한 마음이지 않을까.

어떤 가치를 소중히 여기며 살아야 할지를 알면, 그다음은 쉽다. 소중한 인연을 어떻게 가꾸어야 할지를 생각하면 된다.

때로는 피상적인 인맥이
마음을 피폐하게 만들기도 한다

제 3 장　감정에 휘둘려도 괜찮다

고통을 온전히 들어줄

단 한 사람만 있다면

남에게 속 이야기를 털어놓으면 시야가 확 트일 때가 있다.
나의 속마음에 귀 기울여 들어주는 사람이 때로는
삶의 안전벨트가 되기도 한다.

사람 사이의 '이해'는 합의된 오해라지만, 때로는 누군가가 나의 이야기에 귀 기울여주기만 해도 숨통이 트인다. 에이헤이사에 있을 때의 일이다. 어느 여름날 오후 5시를 넘긴 때였다. 절 앞에 쫄딱 젖은 사람이 떨고 있으니 한번 살펴봐달라고 하기에 나가보니, 아닌 게 아니라 젊은 남성이 다 젖어서는 앉아 있었다.

　사연을 들어보니 죽을 작정으로 에이헤이사 앞에 있는 호수에 뛰어들었는데 죽지를 못했다는 것이었다. 명색이 호수라지만 겨우 무릎 높이만큼 오는 얕은 깊이였다. 호들갑을 떠는 걸까 봐 잠시 망설였지만, 그렇다고 남성을 그냥 내버려둘 수도 없었다. 절 안으로 들인 다음 여분의 옷을 내주고, 옷을 갈아입은 사내에게 사연을 들어보았다.

　그는 중학생 때부터 서른두 살인 지금까지 줄곧 집에 틀어박혀 외톨이로 지냈다. 임상심리사와 신경정신의학과 전문의에게 꾸준히 상담을 받았지만, 나아질 기미는 보이지 않았다. 이제 죽는 수밖에 없겠다는 생각에 발길 닿는 대로 에이헤이사까지 왔다는 것이었다. 홀로 집에 틀어박혀 지낸 이유를 물었더니 초등학교 4학년과 5학년 때 심한 집단 따돌림에 시달렸다고 했다. 흔한 사연처럼 들리지만 당하는 사람에게는 절박한 문제다.

우선 이야기를 들어보아야겠다는 생각에, 하고 싶은 이야기가 있으면 모두 해보라고 이야기했다. 그런데 사연을 들으며 놀랄 수밖에 없었다. 괴롭힘을 당한 건 20년도 전이건만, 그의 시간은 괴롭힘을 당하던 초등학생 때에 멈춰 있었다. 기억이 어찌나 또렷한지, 하루는커녕 한 시간 단위로 당시 겪은 일을 술술 털어놓는 것이 아닌가.

처음에는 두 시간 정도면 될 거라 생각했다. 그런데 이야기를 시작한 지 두 시간이 훌쩍 넘었는데도 따돌림을 당한 지 겨우 이틀이 지났을 뿐이었다. '이야기가 꽤 길어지겠구나' 하고 생각했다. 어느덧 시각은 밤 10시. 그가 마음에 담아둔 이야기를 다 털어놓을 때까지 이야기를 듣겠다고 마음먹었다. 에이헤이사에서는 밤 9시면 소등을 하고, 늦어도 10시에는 잠자리에 들어야 한다. 하지만 상황이 상황인 만큼 허락을 받아 그의 이야기를 계속해서 들었다.

그러다가 날이 밝았다. 절 한쪽에서는 새벽 좌선과 독경이 시작되었다. 사정을 헤아린 동료 스님이 차를 내다 주었다. 그때까지 그는 화장실에도 가지 않고 차도 음식도 입에 대지 않은 채 절절한 사연을 풀어놓고 있었다. 나는 그저 묵묵히 들었다.

아침이 되니 그에게도 지친 기색이 역력했다. "더 이야기

그럼에도 왜 사느냐 묻는다면

하고 싶은 건 없습니까?" 하고 물었더니 잠시 고민하다가 "더는 없습니다" 하고 대답했다. 시곗바늘은 오전 5시를 가리키고 있었다. "이런 이야기를 다른 사람에게도 한 적이 있습니까?" 하고 물었더니 처음이라고 했다. 그가 다닌 병원은 상담 시간이 최대 한 시간이었는데, 진료를 받을 때마다 매번 이야기를 처음부터 시작했다고 했다. 놀랍게도 그의 속마음을 진득하게 들어주는 사람이 어릴 적부터 지금까지 단 한 명도 없었다.

나는 이렇게 말했다.

"이야기는 다 하셨군요. 일단 오늘은 돌아갑시다. 죽는 건 언제든지 할 수 있어요. 집에 돌아가셨다가, 죽고 싶다는 생각이 또 들면 저에게 다시 연락하세요. 이렇게 말하면 좀 그렇지만, 당신과 열두 시간이나 이야기를 나누었으니 제게 그 정도의 의리는 지켜줄 거라 믿습니다."

그러겠노라 대답하는 남성에게 "딱 하나만 약속합시다. 죽기 전에 반드시 찾아오세요"라고 말한 뒤 돌려보냈다.

한 달쯤 지나 이분에게 편지가 왔다. 편지에는 이렇게 적혀 있었다.

"일전에는 정말로 감사했습니다. 지금은 저처럼 따돌림을 당해 학교를 나가지 못하는 아이들을 위해서 자원봉사를 하고 있습니다.”

이제 이분은 어떻게든 헤쳐나갈 수 있겠구나, 하고 얼마나 안도했는지 모른다.

생애에 단 한 번이라도 나의 깊은 상처에 진심으로 귀 기울여 들어주는 사람을 만나면 새로운 발걸음을 내디딜 수 있다. 살다 보면 이런 일도 있고 저런 일도 있기 마련이다.

다른 이의 이야기를 들을 때는 나의 시간을 얼마든지 내어주고 상대와 발걸음을 맞추겠다는 각오가 있어야 한다. 늘 이 마음으로 절을 찾은 분들을 마주하게 된 건 이 남성을 만난 덕이 크다.

남에게 속마음을 털어놓기만 해도 시야가 확 트일 때가 있다. 막연하던 고민과 불안을 남이 이해할 수 있게 표현하는 과정에서 머릿속이 저절로 정리되기 때문이다. 속마음에 귀 기울여 들어주는 사람이 때로는 삶의 안전벨트가 되기도 한다.

가족에게는 그저

따뜻한 말 한마디

가정의 문제는 방치하면 언젠가 곪아 터지기 마련이다.
화분에 물과 양분을 주듯 가족도 매일 살피고
마음을 표현해야 한다.

정성이 없으면 인연은 싹트지 않는다. 그래서 우리는 남들에게 시간과 정성을 들인다. 그런데 가족은 어떤가.

'가족이니까 굳이 말하지 않아도 알겠지.'

나도 모르게 이렇게 생각하고 만다. 적어도 '그래도 이 사람이 내 생각을 해주는구나'라고 느낄 수는 있어야 하지 않을까. 그러지 않으면 그냥 무심한 거다.

화분에 꽃을 피우려면 물과 양분을 주며 정성껏 돌보아야 하듯 가족도 마찬가지다. 필요한 건 따뜻한 말 한마디다. 마음을 전하려면 사소한 인사와 고마운 마음을 아끼지 말아야 한다. 특별할 것 없다. '잘 잤어?' '잘 자' 하고 인사하기. 밥상에서 '고마워' '잘 먹겠습니다' '맛있다' 하고 고마운 마음 전하기. 어찌 보면 참으로 당연한 일이다.

아버지가 늘 어머니에게 마음을 표현한 덕에 가정에서의 소통은 어린 나에게는 일상이었다. 그런데 결혼을 하고서 처음 알았다.* 아내가 친구들에게 들었는데 모든 남편이 집에서 살갑지는 않다고 했다. '그럼 아내가 차려주는 밥을 당연하게 여기는 사람이 있단 말인가!' 하고 내심 놀랐다.

고맙다는 말 한마디에 돈이 드는 것도 아니지 않은가. 서

---

* 일본 불교 종파 대부분은 스님의 결혼을 허용한다.

로를 위해서라면 얼마든지 할 수 있는 말이다. 그런데 나도 신혼 때는 나름의 우여곡절이 있었다. 겨우 이런 걸로 화를 내나 싶은 일에 아내가 예민하게 반응하니 대체 왜 이럴까 당황스러웠다. 그러다가도 아내는 두 시간쯤 지나면 언제 그랬냐는 듯 태연하게 저녁 메뉴를 묻는다. 펄쩍 뛸 땐 언제고, 대체 어느 장단에 맞춰야 하나 어안이 벙벙했었다.

한번은 아내가 유별난 건가 싶어 선배에게 고민을 털어놓았다.

"우리 집도 마찬가지야. 무섭게 화를 내다가도 몇 시간 지나면 언제 그랬냐는 듯 풀어지더라니까."

선배의 대답이었다. 그제야 깨달았다. 부부 사이는 어느 집이든 비슷하다는 것을. 선배는 이렇게 말을 이었다.

"일단은 귀 기울여 듣는 거야. 폭풍은 지나가기 마련이거든. 영원한 폭풍은 없어. 잘 듣고 나서 마음을 잘 표현하면 돼."

정말 그러면 되냐고 물었더니 선배는 자신의 지난 40년이 증명하지 않느냐며 어깨를 으쓱했다.

그래서 나는 아내가 잔소리를 하면 고개를 끄덕이며 주의 깊게 듣는다. 에이헤이사에서는 스타워즈의 '다스 베이더' 라고 불릴 만큼 다들 무서워하는데 왜 집에서는 늘 혼이 나

그럼에도 왜 사느냐 묻는다면

는지 문득 궁금할 때도 있다.

하지만 부부가 화목한데 무엇이 문제일까. 마음을 갈고닦으면 잠시 발끈하더라도 부정적인 감정은 똘똘 뭉쳐 멀리 내던질 수 있다. 내가 이렇게 할 수 있는 건 '나라는 존재는 무엇인가' '죽음이란 무엇인가'라는 삶의 테마가 늘 마음속에 자리하고 있기 때문이다.

물론 가족은 더할 나위 없이 소중하다. 다만 내가 정한 삶의 테마 이외의 것은 내가 얼마나 유연하게 받아들이느냐에 달렸다. 선배도 불교라는 자기만의 길이 있었기에 부부 사이의 크고 작은 갈등을 40년이나 흘려보낼 수 있었으리라.

당연한 말이지만, 부부간에 다투면서 꼬치꼬치 따지고 드는 것만큼 어리석은 일도 없다. 불난 집에 부채질해서 좋을 게 없다는 건 조금만 생각해보면 알 수 있다. 부부간의 갈등을 빨리 풀고 싶다면 아내의 말에 남편이 먼저 귀 기울여야 한다. 아내의 스트레스가 크다면 가정에 어떤 문제가 있다는 신호로 여겨야 한다.

요즘은 가정에서 아내가 짊어지는 부담은 큰 반면, 남편은 집안 사정을 속속들이 모르는 경우가 다반사다. 대가 없이 하는 집안일과 육아를 월급 받으며 하는 직장 일과 비교해봐도 일의 양과 고충은 집안일과 육아 쪽이 더 크다. 집안을 주로 돌보는 건 아내인데, 그 가치는 제대로 평가받지 못한다. 그러니 맞벌이 가정에서 여성의 스트레스가 남성보다 더 심할 수밖에 없다.

이런 상황을 함께 바꾸어보려는 고민 없이, 아내가 하고 싶은 말을 하지 못하고 참고 견디는 상황이 이어지면 결코 가정이 화목할 수 없다. 집안일과 육아를 골고루 분담하기 힘들다면 부담을 적게 짊어진 쪽이 최대한 맞추어야 한다.

가정에 문제가 있으면 무척 힘들다. 겉보기에는 아무렇지 않아 보여도 속에서는 점점 곪아간다. 마침내 문제가 바깥으로 드러날 때는 손쓸 수 없는 지경일 때가 많다.

가족에게 정성을 쏟는다는 건 소홀히 여기지 않고 마음을 나눈다는 뜻이다. 매일 물과 양분을 주며 꽃을 기르듯, 가족이라는 인연도 마음을 다해 성심껏 키워야 한다. 살면서 그 어떤 말보다도 마음 깊이 새겨야 한다.

의사소통에도 훈련이 필요하다. 그런데 나를 바꿔야 한다는 생각에 사로잡히면 쉽게 지치기 마련이므로 사소한 인사에서부터 시작해보자. '고마워' '미안해'라는 말을 아끼지 말자. 배우자에게 바라는 점이 있다면 내가 먼저 그렇게 행동하자. 그런 다음 서로의 좋은 점을 이야기하고, 자기 생각도 표현하며 서로의 생각을 나누는 거다.

그럼에도 왜 사느냐 묻는다면

이렇게 했는데도 갈등이 잘 풀리지 않으면 그저 흘려보내는 방법도 있다. 흘려보낼 수 없는 일이라면 아무리 가족이라도 거리를 두는 선택지도 있다.

나는 무엇을, 누구를 소중히 여기고 싶은가. 이를 잘 알면 어떻게 대처해야 할지도 자연히 알게 될 것이다.

적당히

담백한 사이

허심탄회하게 마음을 터놓을 사람이 있으면 마음이 한결 편하다.

나를 비춰주는 거울 같은 사람과 이야기를 나누다 보면

내 안의 문제가 또렷해진다.

그러면 비로소 문제 해결에 한 발 다가설 수 있다.

어떻게 해야 좋을지 잘 모를 때는 바깥에서 지혜를 빌릴 수도 있다. 고민을 나누고 마음을 허심탄회하게 터놓을 사람이 있으면 마음이 한결 편하다.

그런데 친구나 가족처럼 너무 가까운 사이는 마음을 툭 터놓기에 그리 좋은 상대가 아니다. '그랬구나, 힘들었겠다' 하고 이야기가 공감에 치우쳐 헛돌기 쉽다. 가까운 사이일수록 이해관계가 얽혀 있어 의견이 한쪽으로 치우치기도 한다.

일단 만나면 허심탄회하게 이야기를 나누지만 평소 자주 만나지는 않는 사이. 적당히 거리감은 있지만 말이 잘 통하고 믿음이 가는 사이. 이런 인연을 나는 담백한 사이라고 부른다. 자주 만나지는 않지만 어쩌다가 한번 만나면 누구보다 나의 이야기에 귀 기울여주고, 나의 상황을 존중하며 있는 그대로 받아들이는 사람. 그러면서도 자기 생각을 고집하지 않는 사람. 살다 보면 이런 사람을 한 명쯤은 만난다.

학생 시절 믿고 따랐던 선생님이나 동아리 코치일 수도 있고, 어릴 적부터 마음이 잘 맞던 사촌일 수도 있고, 예전 직장에서 알게 된 믿음직한 상사나 선배일 수도 있다. 나보다 연륜이 있으면 더 좋다. 주위에 이런 인연이 한 명쯤은 있다. 그런데 나이를 먹어 직장에서의 책임감이 커지고 가

정도 꾸리고 나면 고민도 덩달아 묵직해진다. 그러니 내가 단단할 때 만날 수 있으면 더할 나위 없다.

남이 힘들어하는 어두운 이야기를 사람들은 그리 달가워하지 않는다. 마음이 울적해 불쑥 연락하면 슬금슬금 피하는 것도 당연하다. 이따금 안부 인사로 마음을 표현하고, 소소한 이야기를 나누며 관계를 다지자. 속을 터놓는 사이가 되려면 서로 신뢰가 쌓여야 한다. 담백한 사이는 오랜 세월을 거쳐 여무는 법이다.

남의 말에 귀 기울인다는 건 그저 가만히 듣는 게 아니다. 경청할 줄 아는 사람은 말로써 상대방을 깨우쳐준다. 말을 하는 내 모습을 있는 그대로 비춰볼 수 있는 거울 같은 사람이 바로 속을 털어놓기 좋은 상대다. 그래서 나도 절을 찾은 분들의 고민을 들을 때는 내 상황을 돌아보고 문제를 정확히 파악하는 데에 도움이 되는 질문을 하려고 한다.

그런데 아무리 깊이 믿어도 어디까지나 남이다. 기대려고는 하지 말되, 그저 오랜만에 이야기를 나눌 수 있어서 좋았다는 마음가짐이면 서로에게 부담이 되지 않는다.

대화를 나누면서 나를 객관적으로 볼 수 있게 되었다면 문제 해결에 한 발 다가선 셈이다. 이야기를 나누면서 답까지 얻었다면 더할 나위 없다. 그러나 기억해야 할 점이 있다. 답을 얻는 데에 그쳐서는 안 된다. 직접 행동으로 옮길 때 비로소 의미가 있다.

힘들 때는 사찰을 찾자

주변에 속마음을 털어놓기

절에서는 속세와는 다른 시점으로
세상사를 바라보는 마음을 갈고닦는다.
스님의 생각과 말이 세상을 새롭게 바라보게 하는
계기가 될 수도 있다.

허심탄회하게 이야기 나눌 수 있는 사람은 절에도 있다. 속을 툭 터놓을 만한 사람이 주위에 딱히 없을 수도 있고, 친하게 지내고 싶은 사람이 있다고 해서 무턱대고 고민을 털어놓을 수도 없는 노릇이다.

죽을병에 걸리면 낫기 위해 명의를 찾아 나서지 않는가. 고민도 마찬가지다. 어떻게 하면 눈앞의 문제를 해결할 수 있을까? 내가 해결할 수 없는 문제라면, 적어도 잘 흘려보내고 마음 편해질 방법은 없을까? 인생의 중대사에 관한 일이라면 허심탄회하게 이야기할 수 있는 사람을 찾아야 한다.

내가 생각하는 스님의 바람직한 모습은 이렇다. 먼저, 질문을 불편해하지 않는다. 그러니 남의 말을 가로막고서 자기 의견을 밀어붙이지 않는다. 두 번째는 무엇이든 잘 안다고 말하지 않는다. 세 번째는 돈 이야기를 하지 않는다. 네 번째는 자기 자랑을 늘어놓지 않는다. 가장 중요한 건 두 번째다. 무엇이든 잘 안다고 믿으면 상대방에게 생각할 틈을 내어주지 않는다. 자기 말에만 따르기를 바라는 거다.

또한 깨달음이니 진리니, 우주와 하나가 되라느니, 있는 그대로의 모습으로 살라느니 하는 번지르르해 보여도 실체 없는 이야기를 늘어놓는 사람도 멀리하는 편이 낫다. 자신의 부족함을 숨기려고 추상적인 개념을 들먹일 뿐이다.

안다는 건 온전히 이해했다는 뜻이다. "여기까지는 알겠는데, 여기에서부터는 잘 모르겠네요" 하고 말하는 사람은 최소한 경험을 바탕으로 말하고 있는 거다. 그렇다면 한번 귀담아들어볼 만하다. "제가 아는 건 이게 다인데, 저보다 더 잘 아는 분이 있어요" 하고 다른 사람을 소개해주면 더할 나위 없다.

이런 스님들은 쓰는 말도 무척 현실적이다. 무슨 뜻인지 아리송한 추상적인 말은 잘 쓰지 않는다. 경험을 바탕으로 말하니 와닿는 바가 있다. 살면서 겪는 문제를 해결하려면 구체적인 경험을 바탕으로 하는 조언이 좋지 않을까.

그런데 기껏 고민을 털어놓았더니 나이 지긋한 스님이 "부처에게 맡기시게" 하고 말한다면 어떨까? 이런 말은 사실 문제를 해결하는 데에 별 도움이 되지 않는다. 하지만 부처에게 맡기라는 말을 듣고 마음이 편해졌다면 그걸로 충분하다. 스님과 이런 이야기를 나누고 나면 마음이 차분히 가라앉을 때도 있기 마련이다. 이 또한 소중한 인연이고, 떨칠 수 없는 삶의 괴로움을 안고 살아가는 하나의 방법이다. 앞서 말한 네 가지 조건 중 두 가지 이상에 해당하는 스님이라면 이야기를 나누어볼 가치가 있다고 생각한다.

물론 스님에게 기대했다가 실망할 수도 있다. 그러나 인생의 중요한 문제에 수고를 아까워할 필요는 없다. 혼자 주야장천 생각만 해서는 처음부터 방향이 잘못되었어도 깨닫기 힘들다. 쓴맛도 보고 실패도 해보아야 내 방법이 틀린 건지 나의 바깥에 문제가 있는 건지 알 수 있다. 한번 깨닫고 나면 그다음부터는 현명하게 피해 갈 수 있다.

다만 사찰 중에는 외부인을 맞이하는 데에 익숙하지 않은 곳도 있다. 단가檀家*가 아니면 선뜻 다가가기 힘든 절도 있다. 하지만 젊은 스님들을 주축으로 이제는 절이 바뀌어야 한다는 목소리가 점차 높아지고 있다. 평소 이런 생각을 지닌 스님이라면 누구든 따스하게 맞이해줄 것이다. 상황이 여의찮으면 이야기를 잘 들어줄 만한 다른 스님을 소개해주기도 한다. 그러니 스님과 이야기나 한번 해보자는 마음으로 가볍게 절에 발걸음해보기 바란다.

스님은 속세에서 벗어나고자 수행을 하면서 불교라는 가치관과 매일 교류하며 산다. 이렇게 사는 스님의 생각과 말이 세상을 새롭게 볼 수 있게 하는 계기가 되고, 앞날을 비춰줄 수도 있다.

---

* 조상의 묘소를 관리해주는 조건으로 사찰에 일정 금액을 보시하는 집안을 말한다.

제 4장

죽음을 향해
매일을 산다는 것

위로하는 곳

넘치는 슬픔을

소중한 이를 온전히 떠나보내는 데에
걸리는 시간과 방법은 저마다 다르다.
장례라는 의례에 다 담기지 않는 망자를 향한 마음을,
때로는 영험한 산이 감싸주기도 한다.

지금 주지 대리로 있는 보다이사가 위치한 오소레잔산은 아오모리현 북부 시모키타반도에 있는데, 일본에서도 영험하기로 손꼽히는 산이다. 특히 무당이 많고 망자를 위해 공양을 올리는 곳으로 유명해서 막연히 으스스한 곳이라는 선입관을 가진 사람도 많다. 1200년 동안 영산으로 명맥을 이어온 이곳에 직접 발을 들이기 전까지는 나 역시 세상에 나도는 흔한 이야기만 알고 있었다.

에이헤이사에서 수행하다가 처음 오소레잔산을 찾았을 때는 생각보다 먼 거리에 혀를 내둘렀고, 특이한 산세에 입이 떡 벌어졌다. 크고 작게 솟은 암석 곳곳에는 유황 온천수가 솟아나고 있었고, 발밑에는 산을 찾은 이들이 공양하며 바친 바람개비와 전통 과자가 흩뿌려져 있었다. '세상의 끝'이라는 말은 과연 이럴 때 쓰는 거구나, 싶었다. 그런데 막상 오소레잔산을 찾은 이들은 한결같이 이렇게 이야기한다.

"왠지 모르게 포근한 곳이네요."

"생각했던 것과 달리 마음이 차분해져요."

어느 날, 경내를 거니는데 어느 할머니가 이런 말을 건넨 적도 있다.

"집 근처 절에 번듯한 묘소가 있건만 왜 여기까지 발걸음 하고 싶어지는지 모를 노릇이네요."

아마도 오소레잔산이라는 영산이 큰 그릇 같은 곳이기 때문이리라.

오소레잔산에는 따로 정해진 공양 의례가 없다. 그저 광활한 하늘과 압도적인 자연만이 있을 따름이다.

오소레잔산을 찾은 이들은 저마다 망자를 기린 뒤 슬픔을 두고 간다. 먼저 세상을 떠난 이에게 보고 싶다는 마음을 전하러 이곳을 찾는다. 언제부터인가 절과 맞닿은 우소리코宇曽利湖 호숫가에서 참배객이 망자를 목 놓아 부르는 풍습이 생겼다. 60이 넘어 보이는 남성이 호수를 향해 "어머니!" 하고 큰 소리로 외치는 모습도 더는 낯선 풍경이 아니다.

소중한 이를 온전히 떠나보내는 데에 걸리는 시간은 저마다 다르다. 장례를 치르며 망자를 배웅하고, 집에 마련한 불단 앞에서 손을 포개고 묘소를 찾는다. 그리고 이따금 공양을 한다. 애도 의례는 불교 종파마다 다른데, 남겨진 자는 의례를 통해 망자를 향한 마음을 달랜다.

그런데 개중에는 달래지지 않는 마음도 있다. 세상을 떠난 이에 대한 애틋한 마음, 회한, 안타까움. 의례에 미처 다 담아내지 못한 마음을 담는 그릇 역할을 하는 것이 바로 오소레잔산처럼 영험하다고 소문난 산이다.

그럼에도 왜 사느냐 묻는다면

어느 날, 절을 찾아 하룻밤 머물던 50대 부부가 말을 걸어왔다. 3년 전 하나뿐인 아들을 교통사고로 잃고 두 사람 모두 극심한 우울증을 앓았는데, 외출조차 거의 하지 않을 정도로 우울증이 심했다고 했다.

남편보다 빨리 우울증을 떨쳐낸 아내가 기운 없는 남편에게 오소레잔산에 가서 무당에게 아들의 혼을 불러달라고 하면 어떻겠느냐고 이야기를 꺼냈다. 긴 설득 끝에 남편이 뜻을 함께해서 이곳까지 오게 되었다고 했다.

아들은 약혼 식사를 하기로 한 날 사고를 당했다. 약혼 식사 자리에 가려고 온 가족이 집을 나섰는데, 눈앞에서 달려오는 트럭에 치였다.

"왜 그렇게 가야 했는지, 무당의 입을 빌려 아들에게 직접 듣고 싶다고 남편이 모처럼 힘을 냈어요."

남편은 이렇게 말하는 아내 옆을 그저 묵묵히 지킬 따름이었다. 솔직히 조금 걱정스러웠다. 그런데 다음 날, 하산하기 전에 부부가 잠시 절에 들렀다.

부부는 무당에게 고마운 말을 들었다고 했다. 내용은 듣지 못했지만, 남편의 안색이 전날과는 확연히 달랐다. 한층 밝은 기운이 감돌아 마음이 놓였다.

아들이 왜 세상을 그렇게 떠나야 했는지 무당의 입을 통해 들었을 거라고는 생각하지 않는다. 아들의 죽음을 온전히 받아들이기는 여전히 힘들 것이다. 그러나 적어도 이곳을 찾아왔기에, 아들의 죽음을 받아들일 수 있는 계기 정도는 생기지 않았을까.

이런 분들을 만날 때면 오소레잔산이 망자를 미처 다 떠나보내지 못한 이들의 마음을 감싸주는 곳임을 깨닫는다.

그럼에도 왜 사느냐 묻는다면

후회는 삶의 흔적처럼 남는다

세상을 떠난 이에게 회한이 남는 건 당연하다.
후회를 억지로 지우려 하지 말고 끌어안고 살겠노라 마음먹으면,
언젠가 후회의 의미를 발견하는 날이 온다.

소중한 사람을 잃으면 '그때 그렇게 했으면 좋았을걸' '이 것도 해주었으면 좋았을 텐데' 하는 후회가 남기 마련이다. '좀 더 정성껏 모셨으면 좋았을걸' '애초에 그 병원에 입원시키는 게 아니었어' 하고 절에도 이렇게 후회의 끈을 놓지 못하는 분들이 찾아온다.

한번은 지인에게 부탁을 받았다. 남편을 암으로 떠나보낸 여성을 다독여달라는 거였다. 이 여성은 남편이 눈감을 때까지 당신이 암이라는 사실을 말해주지 못한 자신을 끊임없이 자책하며 우울감에서 벗어나지 못했다.

"자기가 암이라는 사실을 알았다면 생전에 하고 싶은 일을 하며 생을 마감할 수 있지 않았을까요? 그런데 남편에게 도저히 말을 할 수가 없었어요. 암이라고 말해주지 못한 채 떠나보냈어요."

그녀는 이렇게 말하며 자기 탓을 했다.

남편이 더는 이 세상에 없으니 지금 와서 후회한들 무슨 소용이랴. 하지만 그녀는 과거에 얽매여 자신을 심하게 괴롭히고 있었다. 내가 할 수 있는 일은 이분의 애달픈 마음을 어떻게든 달래주는 것이었다.

나는 모 아니면 도라는 생각으로 이렇게 물었다.

"남편분은 살아생전에 현명한 분이셨지요?"

여성은 그렇다고 말했다.

"아마도 남편분은 자신의 병명을 짐작하고 있었을 겁니다. 현명한 분이셨으니까요. 수술해도 나날이 상태가 안 좋아지면 예삿일이 아니라는 생각이 들기 마련이지요. 아무런 설명도 해주지 않았지만, 아마 스스로 깨달았을 겁니다."

그러고는 이렇게 물었다.

"남편분이 병명에 대해 꼬치꼬치 물은 적이 있나요?"

그녀는 그런 적이 없다고 했다.

"모두 알고 있었던 겁니다. 병명을 차마 입 밖에 꺼내지 못하는 아내의 마음까지 모두 헤아리고 돌아가신 겁니다."

여성은 막혀 있던 감정이 뻥 뚫린 듯 눈물을 쏟았다. 마음속 고민을 털어놓다가 눈물을 흘리는 경우는 종종 있다. 그런데 장소가 하필 찻집이라 무척 겸연쩍었다. 그녀는 남편이 이미 알고 있었다는 말을 다른 이의 입을 빌려 듣고 싶었을 거다.

세상을 떠난 이에게 회한이 남는 건 당연하다. 갑작스러운 이별이라면 더욱 그렇다. 후회를 남기지 않으려 성심껏 병간호해도 어떤 식으로든 후회는 남는다. 하지만 억지로 이런 마음을 지울 필요는 없다. 후회는 끌어안은 채 살아가면 된다. 그렇게 살다 보면 언젠가 후회에서 의미를 발견하

그럼에도 왜 사느냐 묻는다면

는 날도 오기 마련이다.

이를테면 지인이 가족의 병간호를 하게 될 수도 있다. 이때 나의 경험이 지인에게 도움이 된다면 이 역시 하나의 '의미'가 된다. 내 경험이 조금이라도 보탬이 되면 이야기해줄 수 있어 다행이라는 생각이 들 것이다. 가족이나 친척을 떠나보내고 회한에 젖은 이를 같은 마음으로 다독여줄 수 있다면 그만한 위로도 없다. 다만 이건 먼 훗날의 이야기다. 후회는 반드시 남는다. 후회를 부정하는 건 불가능하다. 그렇다면 마음에 남은 후회를 어떻게 받아들이면 좋을까. 더는 세상에 없는 이에 대한 후회와 애달픈 마음을 지우느라 괴로워하기보다 있는 그대로 끌어안은 채 살아가면 된다. 후회를 받아들이는 가장 현명한 방법이다.

후회를 끌어안고 살아가기

살아갈 때

슬픔을 기꺼이 안고

남이 뭐라 하든 이별의 슬픔을 참을 필요는 없다.
세상을 떠난 이를 그리워하며 살겠노라 다짐하고
애도의 방법을 찾자.

한번은 어린 딸을 여읜 여성이 절을 찾아왔다. 딸아이의 묘소를 너무 자주 찾아가니 주변 사람들이 그러지 말라고 말리는데 어떻게 하면 좋겠느냐는 거였다. 하루에 몇 번이나 묘소에 가느냐고 물었더니 많으면 네다섯 번을 간다고 했다. 그렇다고 해서 전업주부인 자신의 생활에 딱히 지장이 있는 건 아니라고 했다.

"그렇다면 마음 내키는 대로 딸을 만나러 다녀오시지요. 낮에 몇 번이고 딸을 만나러 가도 난처해질 사람이 없지 않습니까. 금방 잊으면 따님도 슬퍼할 겁니다."

"그런데 제가 계속 딸을 찾아가면 딸이 성불하지 못할 거라고들 하더라고요." 누가 그런 말을 했는지 물으니 친척이라고 대답했다.

"그 친척분은 이 세상을 떠나본 적이 있답니까?"

"아뇨, 살아 있습니다."

"그렇다면, 그분은 망자를 자주 찾아가면 망자가 성불하지 못한다는 걸 어떻게 알까요?"

이렇게 묻자 여성은 한동안 생각에 잠기더니 이렇게 말했다.

"지금까지 그랬듯이 계속 딸아이를 찾아가도 괜찮을까요?"

"따님을 찾아간다고 해서 곤경에 처할 사람이 있습니까?"

그제야 여성은 한시름 놓았다는 표정으로 고개를 가로저었다.

갑작스러운 사고로 딸을 잃고 몇 년이 지난 지금까지 딸의 유골을 머리맡에 두고 잔다는 분의 사연을 들은 적도 있다. 아니나 다를까, 그러면 딸이 성불하지 못하니 하루빨리 묘소에 유골을 안치하라는 주변 사람들의 성화에 고민이라는 이분에게 나는 이렇게 말했다.

"묘소에 유골을 안치하기만 해도 성불할 수 있다면 언제든지 성불할 수 있는 거 아닌가요? 엄마가 자기를 잊는다는 게 따님에게는 더 쓸쓸하게 느껴지지 않겠습니까. 마음 내킬 때까지 유골을 안고 자도 됩니다."

아무리 슬픔을 잠재우려 해도 세상을 떠난 이를 향한 사무치는 마음을 어찌할 수는 없다. 보고서도 못 본 척하라는 말은 얼마나 가혹한가. 슬픔에서 헤어나지 못하는데 억지로 헤어나려 애쓸 것 없다. 남이 뭐라고 하든 슬퍼하고 싶은 만큼 슬퍼하면 된다.

그런데 사람이란 제아무리 슬퍼도 배는 고프기 마련이다. 이별의 슬픔에 젖어 있는 이에게 식사는 했느냐 물었을 때 먹었다는 대답이 돌아오면 나는 안도한다. 마음은 깊은 비탄에 잠겨 있을지언정 몸은 살아갈 의지가 있다는 뜻이니까.

그렇다면, 목 놓아 울고 나면 미소도 찾아들지 않겠나. 언제가 될지는 모르지만, 그날은 반드시 온다. 다만 슬픔이 완전히 사라지지는 않는다. 그러니 슬픔을 안고 살겠노라 다짐하고 애도의 방법을 찾자.

제 4 장   죽음을 향해 매일을 산다는 것

왜

하

필

나

한

테

만

!

진정으로 용서하면 제아무리 괴로웠던 일이라도

웃으며 이야기할 수 있다.

먼저 세상을 떠난 사람에 대해서도 마찬가지다.

나는 망자의 영혼 같은 것은 믿지도 않고 딱히 관심도 없다. 오소레잔산에 있으면 "귀신 보신 적 있으세요?" 하고 반짝이는 눈으로 묻는 사람이 간혹 있는데, 유감스럽지만 귀신은 한 번도 본 적이 없다. 그렇지만 앞서 말한 부부 같은 분들을 만날 때마다 망자는 생생히 살아 숨 쉬는 존재라는 생각이 든다. 존재감이 뚜렷한 데다 남겨진 사람의 생각과 삶을 바꾸어버릴 만한 힘도 있다. 이게 바로 망자라는 존재다.

죽은 사람은 산 사람의 뜻대로 되지 않는다. 떨쳐버리려 애써도 마음에 남아 있고, 세상을 떠난 지 몇십 년이 지나도록 남겨진 이의 마음에 들어앉아 영향을 미치기도 한다. 그저 그리움에 사무치는 마음이라면 언젠가 매듭이 지어진다. 그런데 이따금 원하든 원하지 않든 죽은 사람이 산 사람의 인생을 뒤흔들 때가 있다. 이럴 때 문제가 생긴다.

어느 날 초로의 여성이 이야기를 나누고 싶다고 절을 찾아왔다. 내가 쓴 책에 대해 이리저리 차분하게 묻는데, 아무래도 이야기의 핵심이 보이지 않았다. 하고 싶은 이야기는 불교가 아닌 다른 곳에 있는 듯했다. 그렇게 이야기를 나누다가 여성은 조심스레 세상을 떠난 아버지 이야기를 꺼냈다.

이야기는 여성이 어릴 적으로 거슬러 올라갔다. 뼈대 있는 집안에서 태어난 이분은 어릴 적 어머니를 여의었다. 어머니를 너무나 사랑했던 아버지는 주변에서 아무리 권해도 재혼은 꿈도 꾸지 않았다. 그 대신 장녀였던 이분에게 빨래, 청소, 식사 준비, 바느질을 손수 가르치며 남동생과 여동생을 뒷바라지하게 했다. 아내와 어머니 역할을 대신할 사람으로 장녀를 택한 셈이다. 그녀는 그런 아버지를 흠잡을 데 없는 최고의 아버지였다고 회상했다.

그녀는 어려서부터 세상의 전부인 아버지의 바람대로 집안일을 익혔다. 초등학교 고학년 때는 가사도우미에게 직접 일을 가르칠 정도로 집안일에 훤해졌다. 집안 살림을 챙기는 한편으로 아버지가 바라는 고등학교와 전문대에 진학했고, 아버지가 소개해준 남자와 맞선을 보고 결혼했다. 한 남자의 아내이자 아이의 엄마가 된 그녀는 가정을 빈틈없이 꾸려나가면서 지금껏 그랬듯이 아버지의 뒷바라지를 이어갔다. 그런데, 최고의 아버지가 갑작스럽게 치매에 걸리고 말았다.

인격이 시시각각 바뀌는 아버지를 몇 년 동안 정성껏 간호했다. 그리고, 결국 아버지는 세상을 떠났다. 그런데 아버지를 떠나보내기가 무섭게 스트레스에 의한 돌발성난청이

그럼에도 왜 사느냐 묻는다면

찾아왔고, 여성은 한쪽 청력을 잃었다.

아무리 보아도 문제는 아버지에게 있었다. "무슨 말이 하고 싶어서 오셨나요?" 하고 운을 띄우니 여성은 아무 말 없이 고개를 떨구었다. 다시금 "아버님을 찾아오신 건가요?" 하고 묻자 여성은 목 놓아 울기 시작했다. 환갑을 넘은 분이 눈앞에서 아이처럼 엉엉 울었다. 그렇게 20분 남짓 지났을까. 어쩔 도리 없이 그저 이분의 마음이 진정되기를 기다렸다.

여성은 울면서 "왜 나한테만! 왜 하필 나만!"이라는 말을 되풀이했다. 아버지는 왜 하필 나에게만 무거운 짐을 지웠단 말인가. 아마도 이런 말이 하고 싶었으리라. 어릴 적부터 여성은 무의식적으로 아버지에게 인정받는 삶이 가치 있는 삶이라 여겼을 것이다. 최고라 자부했던 아버지와의 유대 속에서 자기 자신을 긍정해왔다. 그런데 아버지가 무너져 내리고 끝내 세상을 떠나자 더는 자신의 가치를 긍정할 방법이 없었다. 여기에서 비롯한 극심한 스트레스가 돌발성난청의 원인이 되었을 것이다.

어릴 적 부모에게 받은 상처는 아무리 긴 세월이 흘러도 타인과 관계를 쌓는 데에 영향을 미친다. 여자든 남자든, 어떤 모습으로 살든 말이다. 한번은 80세를 넘은 부유한 남성이 찾아왔는데, 알고 보니 마음속 괴로움의 원인이 유년 시절 가정환경에 있었던 적도 있다.

망자와의 틀어진 관계를 바로잡는 방법은 하나다. 죽은 사람을 그만 용서하는 것. 더는 이 세상에 없는 사람이니 일방적으로 용서하는 것 말고는 달리 방법이 없다. 다만 용서는 생각만큼 쉽지 않다. 용서한 듯 보여도 사실은 온전히 용서하지 못한 경우가 많아서 그렇다.

내가 상대를 용서한다는 사실 자체를 용서해야 진정한 용서다. '용서하기'를 용서해야 한다. 그럼 망자를 진심으로 용서했는지 어떻게 알 수 있을까? 진정으로 용서했다면 지난 일을 웃으며 이야기할 수 있다.

여전히 괴로워하며 지난 일을 쉽사리 입 밖에 꺼내지 못한다면 아직 온전히 용서하지 못했다는 뜻이다. 진정으로 용서했다면 아무리 힘들었던 일도 훗날 웃으며 회상할 수 있다.

그만 사라졌으면 좋겠건만, 망자는 여전히 우리 곁을 맴돈다. 어떨 때는 이처럼 생생한 존재도 없다 싶을 정도다. 그렇지만 그렇게 생생한 존재에게서 한 발 떨어질 수는 있다. 용서한다는 건 바로 이런 거다.

그럼에도 왜 사느냐 묻는다면

용서하는 나를 용서하기

슬픔의 빗장을

열고

슬픈 마음을 토해내고, 그리운 마음을 입 밖으로 꺼내본다.

그러다 보면 슬픔을 딛고 일어서는 날이 온다.

오랜 시간이 걸리더라도 그날은 반드시 찾아온다.

애도는 단순히 죽음을 슬퍼하고 망자를 떠나보내는 의식이 아니다. 더는 이 세상에 없는 사람과 관계를 새롭게 맺는 과정이다. 승려의 추선공양은 '시신'을 '망자'로 받아들이는 과정이다.

먼저 '시체'와 '시신'이 어떻게 다른지부터 생각해보자. 항공기가 추락해 123명이 사망했다는 소식이 뉴스에 보도되었다고 치자. 123명은 엄밀히 말하면 사망자가 아니다. '시체 123구'가 사고 현장에 있는 거다. 이때 초점은 '시체'가 아닌 숫자 '123'에 있다. 그렇다면 '시체'는 언제 '시신'이 되는가. '○○ 씨의 시체'임이 확실해졌을 때다. 시체에 비로소 인격이 주어진다.

123명이 사망했다고 하면 누구든 비참한 사고라고 생각하겠지만, 며칠 지나면 금세 잊힌다. 그러나 그중 한 명이 나의 어머니라면 얘기가 달라진다. 사고 현장에는 어머니의 시신과 시체 122구가 있는 거다.

시신과 시체는 이렇게 다르다. 우리는 시신을 앞에 두고 비탄에 잠긴다. 그럼 화장한 유골함을 묘소에 안치해서 더는 시신을 볼 수 없게 되면 마음도 함께 정리되냐 하면 그렇지 않다.

시신이 사라지면 존재감을 드러내는 것이 바로 '망자'다.

산 사람과 달리 눈에 보이지도 않고 만질 수도 없으며 대화하고 싶어도 말을 섞을 수 없다. 그렇지만 망자는 산 사람과는 다른 형태로 엄연히 존재한다.

물론 세상을 떠난 이가 모두 나의 마음에 남는 건 아니다. 나에게 각별한 의미가 있는 사람이 망자로 남는다. 부모든 자식이든 친구든 직장 동료든 살아생전 내가 누구인지 깨우쳐준 사람. 즉, 나의 가치를 깨우쳐준 사람이 마음에 남는다. 삶의 의미를 알려준 사람이 망자가 된다.

더는 이 세상에 없는 사람과 어떻게 관계를 새로 꾸려야 할까. 이건 남겨진 이의 인생이 걸린 중요한 문제다. 애도라는 행위의 의미는 여기에 있다. 앞서 말했듯 애도 기간은 애도하는 사람과 망자의 관계에 따라 다르다. 그런데 장례식을 마치고 시신이 더는 눈에 보이지 않게 되면 주변에서는 언제까지 슬퍼하고만 있을 수는 없지 않겠느냐고, 빨리 털고 일어나라고들 한다. 주변 사람들에게는 망자의 존재감이 그리 크지 않아서 할 수 있는 말이다.

망자와의 관계를 새롭게 꾸리지 못하면 슬픔을 억누르고 자기 스스로 무거운 짐을 짊어지게 된다. 어느 아빠와 어린 딸의 이야기를 들려주고 싶다. 오래전부터 알고 지낸 이 가족은 무척 화목했다. 그런데 엄마가 갑자기 병으로 세상을 떠났고, 아빠와 여섯 살 난 딸만 덩그러니 남았다. 둘은 세상을 떠난 아내 또는 엄마에 대해 어떤 이야기도 나누지 않는다고 했다. 아빠는 딸이 안쓰러우니까, 딸은 자기가 슬퍼하면 아빠의 마음이 아플 거라 여기면서 말이다. 줄곧 이렇게 지내고 있다는 이야기를 딸아이의 아빠에게 듣고서 나는 이렇게 말씀드렸다.

"그런 마음으로 참으면 안 됩니다."

두 사람에게는 받아들이기 힘든 사건이었을 거다. 하지만 아내 또는 엄마의 죽음이 너무나 슬프고 고통스러운 사건임을 애써 외면하면 아내 또는 엄마를 망자로 받아들일 수 없다. 망자와의 관계를 새롭게 꾸리지도 못한다.

앞으로 살아가면서 아내와 엄마의 이야기를 안 할 수는 없다. 아무리 세상을 떠났어도 아내로서, 그리고 엄마로서 관계는 이어지기 때문이다. 그렇다면 입을 꾹 닫고 참을 것이 아니라 슬픈 마음을 토해내야 한다. 그리운 마음을 자꾸 입 밖으로 꺼내야 한다. 그래야 세상을 떠난 이와의 관계를 새로 꾸릴 수 있다.

그러면 언젠가 문득 미소가 찾아드는 날도 온다. 그러자면 사랑하는 이를 먼저 보낸 슬픔에서 도망치려 해서는 안 된다. 안이한 말로 자기를 속여서는 안 된다. 꽁꽁 가두어 놓은 슬픔을 똑바로 바라보고, 마음의 빗장을 풀고 슬픔을 토해내야 한다.

떠올리지 않으려 아무리 마음을 억눌러도 아내는, 그리고 엄마는 마음속에 있다. 만나지 못해도 눈에 보이지 않아도 늘 그곳에 있는데, 생각하지 않으려 할수록 괴로움만 더해질 뿐이다.

슬픔에서 빠져나오는 데에 긴 시간이 걸려도 괜찮다. 죽음을 인정하고 슬픔을 받아들이고, 세상을 떠난 이와의 관계를 새롭게 꾸리면, 시간은 걸릴지언정 언젠가는 슬픔을 딛고 일어설 수 있다. 더는 이 세상에 없는 그 사람과 함께 슬픔을 딛고 일어나는 거다.

내려두기

나에 대한 집착

하고 싶은 일에 집착하지 않고 남이 기뻐할 만한 일을 한다.
그러면 '열심히 잘 살았네' 하고 돌아보며
인생의 마지막을 맞이할 수 있다.

언젠가 나이 지긋한 스님이 이런 이야기를 들려주었다. 큰 병으로 병실에 누워 있는데 문득 '여기에서 이렇게 죽는 건가' 하는 생각과 함께 깊은 공허함이 밀려와 당장이라도 죽고 싶은 마음이 들었다는 거다. 지금껏 사람들에게 했던 설교는 다 무엇이었나 싶었다고 회상하는 모습을 보며 참으로 정직한 분이라고 생각했다.

공허함을 느낀 스님은 문득 마음이 동해 오랜만에 좌선을 했다고 한다. 선승에게 좌선이 수행의 기본이라는 점은 두말하면 잔소리. 그러나 수술을 마치고 건강을 회복 중이던 스님은 좌선을 할 만한 몸 상태가 아니었다. 건강을 어느 정도 되찾고 나서야 이제는 괜찮겠다 싶어 좌선을 한 것이다. 좌선을 했더니 지금껏 마음을 뒤덮었던 공허함이 눈 녹듯 사라졌다.

스님은 감회에 젖어 말했지만 가만 생각해보면 당연한 이치다. 좌선을 하면 생각이 멈추고 마음을 돌아보게 된다. 그러니 죽음이 공허하다는 허탈감도 자연히 사라진다. 역시 좌선은 죽음 앞에서도 쓸 만하구나. 스님의 이야기를 듣고 새삼 이런 생각이 들었다.

우리는 언젠가 죽는다. 이 사실을 뼈저리게 느끼는 건 주어가 '나'일 때뿐이다. '내가 죽는구나!' 이렇게 실감할 때 우리는 비로소 죽음에 대한 공포와 맞닥뜨린다. 이때 살펴야 할 것은 '죽음'이 아니다. 아무리 고민해도 죽음의 실체를 알 수는 없다. 유심히 보아야 할 것은 바로 '나'다. 죽음에 대한 두려움을 뛰어넘으려 하지 말고, 두려움에 떠는 나 자신을 지운다. 죽음이 두렵다면 '죽음'이 아닌 '죽음을 두려워하는 나'를 서서히 지워야 한다. 이게 바로 불교의 발상이다.

스님에게는 좌선이라는 방법이 있지만 평범한 생활을 하는 사람들에게는 '나'를 지우기가 어렵게 느껴질 수도 있다. 스님이 아니어도 좌선은 할 수 있다. 다만 처음에는 전문적인 지도가 필요하고 수련을 쌓아야 한다. 하지만 좌선을 하지 않아도 죽음을 받아들일 수 있다. 그러자면 죽음을 넘어서려 하지 말고 받아들여야 한다.

죽음을 받아들이려면 자신을 활짝 열어두어야 한다. 나 자신을 활짝 연다는 건 무엇인가? 자신을 애지중지하는 걸 그만두는 거다. 이익을 좇아 행동하지 말고, 내가 아닌 남을 위해서 움직이자.

사람은 환갑을 넘으면 있어도 그만 없어도 그만이다. 나이 60을 넘기면 자식은 어엿한 어른이 되어 제 몫을 한다. 더는 부모의 손이 필요치 않다. 나이가 꽉 차서 일을 그만두면 업무적으로 기대받을 일도 없다. 이렇게 마음을 다잡으

그럼에도 왜 사느냐 묻는다면

면 '나'와 '나의 인생'에 매달릴 필요가 더욱이 없다. 이 한 몸 없어도 곤란해할 사람이 없다. 그렇다면 나를 고집하지 말고 남을 먼저 생각하면 된다.

아직 앞날이 창창한 이들은 와닿지 않겠지만, 나이를 먹는다는 건 있으나 없으나 별 상관없는 사람이 된다는 뜻이다. 아이도 다 크고 일에서도 손을 떼고 나면 가까이해도 득 볼 것 없는 나를 과연 누가 필요로 할까? 배우자의 속마음은 차치하고서 말이다.

하고 싶은 일이 많더라도 나의 행동이 타인에게 어떤 영향을 미칠지, 어떤 가치가 있을지 살피지 않으면 누군가가 피해를 볼 수도 있다. 내가 하려는 일이 남들에게 환영받을 만한지 돌아보아야 한다.

그렇다고 자선사업이나 자원봉사를 하라는 게 아니다. 결과적으로 그리될 수도 있겠지만 할 수 있는 일을 능력껏 하면 된다. 이를테면 땅에 떨어진 쓰레기를 주워보자. 또는 난처한 상황에 처한 이에게 도움을 베풀자. 바람직한 일 중에서도 손쉽게 할 수 있는 일을 해보는 거다. '조금은 도움이 되겠지' 하는 생각이면 충분하다.

이야기를 하다 보니 떠오르는 사람이 있다. 나는 오소레 잔산과 후쿠이현에 있는 절의 주지를 맡고 있는데, 후쿠이현 레이센사靈泉寺에 보시하는 A 씨의 이야기다. 속세를 떠나 한적한 생활을 하는 그는 손재주가 대단하다. 염주 만드는 솜씨와 화도 솜씨는 말할 것도 없고, 꽃꽂이 솜씨는 남을 가르칠 정도여서 사람들의 부탁을 받아 주민회관에서 무료로 화도 교실도 운영하고 있다. 어느 날 화도를 가르치며 수강료를 받지 않는 이유를 물었다.

"좋아서 하는 일이니 돈 같은 건 필요 없어요."

그는 목공예도 잘해서 절에서 쓸 의자를 만들어주기도 했다. 절에 사람들이 모일 때 쓸 의자가 필요할 것 같아서 만들었다는 거다. 알 만한 사람들은 하나같이 'A 씨 의자'라고 부르며 애지중지한다.

물론 사람들이 고마워하면 그도 뿌듯하겠지만 칭찬받고 인정받고 싶다는 마음으로 하는 일은 아니었다. 화도를 가르치고 의자를 만드는 일이 그에게는 삶의 보람을 느낄 만큼 거창한 일도 아니어서, 그저 가벼운 마음으로 하는 듯했다. 하지만 매일매일의 활력소는 되었으리라. '나도 아직 쓸 데가 있네' 하는 정도면 충분하다.

'누군가에게는 도움이 될지도 모른다' 싶은 일을 담담히 해나가자. 그러면 이해득실에 얽매이지 않는 부드럽고 따스한 관계가 피어나기 마련이다.

그럼에도 왜 사느냐 묻는다면

그리고 나이를 먹고 기력을 다하면 '슬슬 내 인생도 문을 닫아야겠군' 하고 뒤로 물러서자. '그래도 열심히 잘 살았네' '괜찮은 인생이었어' 하고 돌아보면서 말이다.

마지막이 따스하다

좋은 연이 있으면

90세 넘게 살다가 따스한 돌봄 속에서
생을 마감한 이들 곁에는 좋은 사람들이 있다.
주변과 두터운 연을 다지는 건 누구나 지금 바로 할 수 있다.

누구나 생의 마지막은 편안하길 바란다. 그렇다면 일단 90세를 바라볼 일이다. 90세가 넘어 세상을 떠난 분들을 추선공양 하면서 보니 고통 속에서 돌아가셨다는 분은 한 분도 뵙지 못했다. 오랜 세월 병석에 누워 있지도 않았고, 따스한 돌봄 속에서 홀연히 자취를 감추듯 돌아가셨다.

3대가 함께 사는 가족들과 평소처럼 저녁 식사를 하던 어느 할머니는 식사하다가 그대로 돌아가셨다. 할머니가 손에 든 밥그릇이 텅 비어 있어서 "할머니, 더 드실래요?" 하고 물었는데 이미 돌아가신 상태였다고 한다.

어느 어르신은 어느 때와 다름없이 일찌감치 잠자리에 들었다가 밤 11시쯤 잠에서 깨서는 "아무래도 오늘 떠날 것 같으니 속옷을 갈아입어야겠다" 하고 말했다고 한다. 그러고는 옷을 갈아입더니 다시 잠자리에 들었다. 가족들은 갑자기 무슨 소리를 하시나 갸우뚱하면서도 크게 마음에 두지 않았다. 그런데 다음 날 아침 할머니가 일어나지 않아서 살펴보니 이불 속에서 숨을 거둔 채였다고 한다.

어느 할아버지는 가까이에 사는 아들이 저녁에 아버지의 건강을 살피러 집을 찾았을 때 "목욕하고 싶으니 등 좀 밀어다오" 했다고 한다. 평소에 안 하던 부탁을 하신다고 생각하면서도 아들은 아버지의 마른 등을 정성껏 닦아드렸다. 다

닦아드리고서 "아버지" 하고 불렀는데 대답이 없었다. 놀란 아들이 어깨를 가볍게 흔들어보니 이미 돌아가신 뒤였다고 한다.

솔직히 말하자면 생의 마지막을 이렇게 보내는 것만큼 복 받은 일도 없을 것이다. 천명을 다했다는 건 이럴 때 쓰는 말 아닐까. 이런 분들의 생전 이야기를 들어보면 체력과 기력이 넘친다. 그리고 다른 이들과의 연이 두텁다. 이렇게 생을 마감한 분들은 주변의 손길과 사랑을 한 몸에 받았던 분들이다. 말하자면 좋은 연을 지니고 있는데, 특히 배우자 및 자식들과 사이가 좋다.

체력과 기력은 노력한다고 내 마음대로 할 수 있는 게 아니다. 또, 아무리 몸에 좋다는 걸 찾아서 먹고 병원을 드나들며 건강을 챙겨도 마음이 고독하면 삶이 즐겁지 않다. 물론 혼자 지낸다고 해서 꼭 고독한 건 아니다. 많은 이들 틈바구니에 있으면서도 고독을 느끼는 사람은 생각보다 많다.

정말 중요한 건 사람과의 인연이다. 살아생전 주변 사람들과 인연을 다지는 건 얼마든지 가능하다. 다만 하루아침에 좋은 인연이 만들어지지 않으니 정성껏 가꾸어야 한다.

자신을 활짝 열고 다른 사람을 있는 그대로 받아들이려고 노력해야 한다. 나에 대한 아집을 버릴수록 남과 연을 맺기

그럼에도 왜 사느냐 묻는다면

수월하다. 칭찬받고 싶고, 이익을 보고 싶고, 친구를 많이 만들고 싶은 욕심을 버리라는 건 이런 의미다.

죽음은 넘어야 할 산이 아니다

뜻하지 않게 태어난 인생에서 의미와 가치를 찾으려고
애쓸 필요 없다. 인생이란 '나 자신'이라는 배로 강을 건너는 것.
육신은 강을 건너기 위한 도구일 뿐이다.

'나 자신'이란, 인간이 이 세상에 존재하기 위해 임시로 빌려 쓰는 배와 같은 것. 살아가려면 어쩔 수 없이 타야 하는 배가 바로 '나'다. 아무리 자기 모습이 마음에 들지 않아도 배에 올라타야 세상을 살아갈 수 있다.

그런데 배가 자기의 전부인 줄 아는 사람이 많다. 강을 건널 수 있으니 배에 가치가 생기는 것이지, 사실 배 자체에는 별다른 가치가 없다. 제 역할을 하지 못하는 도구는 버리면 그만이지 않은가. 배도 마찬가지다. 올라탔던 배가 가치를 다하면 그만 배에서 내려도 아쉽지 않을 터. 그러니 강을 다 건너서 인생이 끝날 때도 두려워하거나 슬퍼할 것 없다. 미련을 내려놓고 사뿐히 강 건너편에 발을 디디면 된다. '둘도 없는 인생'이라는 표현은 그렇게 믿고 싶은 마음이 빚어낸 착각일 뿐이다.

인생에서 가장 중요한 일은 무엇일까. 죽음을 맞이하는 일이다. 왜 죽음이 가장 중요한 일인가 하면, 누구도 죽음의 정체를 알지 못하기 때문이다. 죽음의 정체를 알면 손이라도 써볼 텐데, 아무도 이 중요한 사건의 정체를 알지 못하는 데다 사는 동안은 달리 알 방도가 없다.

천식에 시달렸던 어린 시절, 죽음이 무엇인지 너무 궁금했던 나는 어른들에게 "죽는다는 건 어떤 거예요?" 하고 틈만 나면 물었다. 그러면 백이면 백 "별님이 되는 거란다" "꽃밭이 있는 천국에 가는 거란다"라는 답이 돌아왔다. '이게 대체 무슨 말이지? 내가 바보인 줄 아나?' 하고 어린 마음에 삐죽댔던 기억이 생생하다. 내가 궁금했던 건 죽은 다음 어떻게 되는지가 아니었는데, 누구 하나 궁금증을 풀어주는 어른은 없었다. '그렇구나, 죽음은 그 누구도 모르는 거구나' 하고 그저 고개를 끄덕일 수밖에 없었다.

우리는 보통 '죽음'을 두고 이 세상이 아닌 다른 곳으로 떠나는 거라 여긴다. 이 세상과 저세상 사이에 경계가 있고, 재판관 역할을 하는 신이 관문을 지키고 서서 좋은 일을 한 사람은 좋은 곳(천국이나 극락)으로, 나쁜 일을 한 사람은 고통스러운 곳(지옥)으로 보낸다는 생각 말이다.

이런 생각에는 하나같이 죽으면 지금 이곳에서 다른 어딘가로 간다거나 다른 존재가 되리라는 기대가 깔려 있다. 태어났을 때부터 '나'였으니까, 육신이 사라진 뒤에도 이 세상이 아닌 다른 곳에서 '나'는 이어지리라는 생각 말이다. '나'가 모습을 달리할 뿐이라고 모두가 착각한다. 죽음이 무엇인지 고민하는 것이 아니라, 자신이 죽지 않기를 바라는 것이다.

석가는 사후에 대해서 '무기無記'의 자세를 관철했다. 죽고

그럼에도 왜 사느냐 묻는다면

나면 새로운 세계가 펼쳐지는지는 알 수 없고, 어떻게 되는지도 알 수 없다는 말을 남겼을 따름이다. 알 수 있는 점은 단 하나, 그곳에서는 모든 것이 무의미하다는 거다. '의미'는 인간이 살아가는 동안 만들어낸 것이기 때문이다. 하지만 사람들은 이런 이야기를 선뜻 받아들이지 못한다. 그래서 별이 되고 바람이 되고, 저세상 어딘가로 옮겨가는 이야기를 짓는다. 그러나 걱정할 필요 없다. 딱히 어떤 일을 하지 않아도 우리는 모두 죽는다. 그러니 죽음을 넘어서려 하지 않아도 된다. 뜻하지 않게 태어난 인생에서 의미와 가치를 찾으려 애쓸 필요도 없다.

제 4 장   죽음을 향해 매일을 산다는 것

삶은 죽음을 향한 여정

죽은 뒤를 아무리 걱정한들 죽음에 대해 알 수는 없다.
그러니 죽음에 대한 걱정은 내려두고
담백하게 사라지면 된다.

'죽음 박람회'라는 데에 초대받아 그저 호기심에 박람회장을 찾은 적이 있다. 묘지 안내 코너와 유언 코너가 마련된 행사장은 페스티벌이라도 되는 양 붐볐다. 특히 관 속 체험을 할 수 있는 입관 코너가 잊히지 않는다. 수십만 원에서 수백만 원을 호가하는 관이 죽 놓여 있었는데, 직접 관에 들어가 누워볼 수 있었다. 때마침 한 중년 여성이 관에 들어가 누운 남편과 말을 주고받고 있었다.

"여보, 어때?"

"어, 꽤 안락하네."

죽고 나서 입관한 뒤에는 고스란히 불에 탈 테니까, 죽어서도 관에 누운 느낌이 생생하면 그야말로 큰일이다. '아, 이분은 죽을 생각이 없구나' 하고 생각했는데, 참으로 기묘한 광경이었다.

죽어서까지 남편 옆에 있고 싶지 않다고, 죽어서까지 우중충하고 어두운 땅속에 둘이서 붙어 있어야 하겠느냐고 자못 진지하게 이야기하는 분들이 가끔 있다. 이런 고민 역시 '나'라는 존재가 죽어서도 계속 이어진다는 생각에서 비롯한다.

죽음 박람회는 말하자면 눈조차 편히 감지 못하는 요즘 시대에 편히 눈감도록 도와주겠다는, 죽음의 절차를 상품화

한 박람회다. 애초에 산 사람을 상대로 한 장사일 뿐, 사실 죽음과는 별 상관이 없다.

이렇게 죽고 나서도 살 의지가 불타오르니 사후 세계에 관한 관심도 식을 줄을 모른다. '저세상'은 과연 어떤 곳일까? 나는 죽으면 어디로 갈까? 천국에 갈지 지옥으로 떨어질지 참으로 관심이 많다. 죽고 나서 지옥에 떨어질까 봐 진심으로 걱정하며 고민 상담을 하는 사람도 있다. 이런 분들에게 나는 늘 이렇게 이야기한다.

"불안해할 것 없습니다. 내가 갈 수 있는 곳이면 천국이든 지옥이든 마찬가지일 겁니다. 누군가가 있을 거고, 말이 통할 거예요. 이 세상과 크게 다르지 않습니다. 돌이켜보세요. 살면서 크게 좋거나 크게 나쁜 일을 한 게 아니잖아요? 그러면 괜찮습니다. 우리 같은 사람이 많이 있는 곳으로 갈 겁니다. 그곳에는 먼저 세상을 떠난 가족도 있겠지요."

아마도 내가 지금 극락에 간다면 너무 평화로워서 금세 좀이 쑤시지 않을까. 어딜 가든 연꽃이 만발하고 선녀가 맞이할 뿐이지 않은가. 지옥도 금방 익숙해질 것이다. 가시나무 산에 눕든 펄펄 끓는 물에 빠지든 두 번 다시 죽지 않는다는 걸 깨달으면 그런 고통이야 신경통쯤으로 여기게 될 게 뻔하다. 고행으로 반신불수가 될 뻔했던 내가 하는 말이니 속는 셈 치고 믿어보라. 저세상 걱정은 심심풀이로나 하면 될 일. 죽음은 어차피 알 수 없으니 마음을 편히 놓아도 된다.

결국 우리가 살아생전 할 수 있는 일은 결코 알 수 없는 죽음을 받아들이며 사는 방법을 깨치는 것이다. 어쩌면 산다는 것은 이게 전부다.

제 4 장 죽음을 향해 매일을 산다는 것

그럼에도 왜 사느냐 묻는다면

초판 1쇄 발행 2023년 06월 08일
초판 3쇄 발행 2023년 08월 02일

지은이 미나미 지키사이
옮긴이 백운숙

대표 장선희 **총괄** 이영철
책임편집 현미나 **기획편집** 한이슬, 정시아
책임디자인 최아영 **디자인** 김효숙
마케팅 최의범, 임지윤, 김현진, 이동희
경영관리 전선애

펴낸곳 서사원 **출판등록** 제2021-000194호
주소 서울시 마포구 성암로 330 DMC첨단산업센터 713호
전화 02-898-8778 **팩스** 02-6008-1673
이메일 cr@seosawon.com
네이버 포스트 post.naver.com/seosawon
페이스북 www.facebook.com/seosawon
인스타그램 www.instagram.com/seosawon

ⓒ미나미 지키사이, 2023

ISBN 979-11-6822-174-1 03830

서사원은 독자 여러분의 책에 관한 아이디어와 원고 투고를 설레는 마음으로 기다리고 있습니다.
책으로 엮기를 원하는 아이디어가 있는 분은 이메일 cr@seosawon.com으로 간단한 개요와 취지,
연락처 등을 보내주세요. 고민을 멈추고 실행해보세요. 꿈이 이루어집니다.